自然を語る

——ベルクソンからの世界——

谷口 薫 著

自然が語る

――ヘルマン・ヘッセの世界――

丹治 信義

溪 水 社

目次

自然が語る――ヘルマン・ヘッセの世界――

自然が語る——ヘルマン・ヘッセの世界——

序章　ヘルマン・ヘッセの自然観

私は数年にわたり大気と大地と水、樹木と山と動物だけが現れて、
人間の現れない文学を夢見ていた。

一、自然描写

ヘルマン・ヘッセの文学の特色とは何であろうか。

一般にヘッセの初期の作品は、感傷的だと言われてあまり高く評価されていないが、それにもかかわらず若い世代に読み継がれている。その理由はいろいろ考えられるが、まず第一に挙げられるのは作品の主題であろう。彼の作品の多くは若者達の関心の的である青春を主題にしている。たとえば、ヘッセの代表作の一つである『車輪の下』（一九〇六）は現代の日本でも青少年によく読まれているが、この作品には親と子の断絶、親や教師の虚栄心と子供を神経症に追い込む苛酷な受験勉強など、まさに現代日本の青少年の問題でもあるテーマが扱われており、題材そのものが若い読者を惹き付けているのである。この点には異論はなかろう。

だが、いわゆる青春物と呼ばれる作品のなかには、一時期はよく読まれても結局は消えてしまったものが多い。『車輪の下』が書かれた二十世紀初頭はいわゆる過渡期で、世代間の断

絶や、親と子の確執などの問題がしきりに表に出た時代であり、『車輪の下』と同じようなテーマの作品が多く書かれている。ヴェデキントの『春の目覚め』(一八九一)やシュトラウスの『友ハイン』(一九〇二)、ローベルト・ムージルの『生徒トェルレスの混乱』(一九〇六)などは、いずれも十九世紀末から二十世紀初頭に書かれ、評判になり、日本語にも翻訳された作品であるが、現在ではこれらの作品を読む者は少ない。その中でヘッセの『車輪の下』がいまだによく読まれているのは何故であろうか。

主題を別にすれば、考えられるのは表現方法である。この作品には純粋で傷付き易く、不安定な青少年期の心理がすぐれてみごとに描かれている。若い読者は、自己実現を求めて苦悩する主人公のなかに、思い悩む自らの姿を見出し、共感する。この点には疑問の余地はない。だが、青少年期の心理を描くことにかけては先にあげた作品もヘッセの作品と比べて決して遜色ないものばかりである。したがって、表現方法の違いとは言っても、単なる心理描写の巧拙とは考え難い。

それでは他の作品と異なるヘッセの作品の特色とは何であろうか。

筆者は、それはディテールのなかにあると思う。とくに作品の背景をなす自然描写の中に他の作品とは異なる魅力があるのだと考えるのである。

たとえば、「夏休みはこうでなくてはならない!」で始まる第二章。受験勉強に疲れはてた主人公が久しぶりに迎えた故郷の夏休み、水浴に興ずる少年を包む豊かな自然、その適確で溢れるような自然描写、この魅力を否定する者はあるまい。

夏休みはこうでなくてはならない！　山々の彼方にはリンドウ色の碧い空、幾週間も続くかがやく暑い日、時折訪れる短く激しい夕立。川はたくさんの砂岩の崖や樅の陰や狭い谷間を縫って流れて来たが、夕方晩くまで水浴びができるほど水は温かだった。小さな町の一帯には干し草や刈り立ての草の匂いが漂っていた。穀物畑の細長い帯が黄色や黄金色に染まっていた。小川のほとりには白い花を付けた植物が人の背丈ほども茂っていた。その傘状をした花には、ごく小さな甲虫類がいつも群がっていた。中空の茎からは横笛や立笛ができた。森の縁には羊毛のような黄色い花をつけた堂々たるモウズイカの長い列が立ち並び、オカトラノオやアカバナがほっそりした勁い茎の上で揺れ、斜面を紅紫に染めていた。樅の林の下には勁い茎に銀色の柔毛のはえた幅広い根葉をつけ、美しい紅色の萼上花の並ぶ丈高いジキタリスが厳そかに、美しく、かつ奇妙な姿でそそり立っていた。そのそばにはさまざまな茸類が生えていた。赤いつやのあるベニテングダケ、肉厚で幅広いヤマドリダケ、珍妙なバラモンジン、枝分かれした紅いサンゴハリダケ。それから奇妙に色のない病的にふくれた錫杖草。森と牧草地の境の荒れた斜面にはたくましいエニシダが燃えるような黄色に輝いていた。それに薄紫のエリカの長い群生がつづき、さらにタネツケバナやセンノウ、サルビア、マツムシソウなどの色鮮やかな花に覆われた二番刈り前の牧草地がつづく。広葉樹の林ではアトリが休みなく歌い、樅の林では狐色のリスが梢の間を走り回っていた。畦道や垣根、水の涸れた溝では緑色に光る蜥蜴が陽をあびて心地よさそうに息をしていた。そして牧草地のはるか彼方まで、甲高い倦むことを知らぬ蟬の歌が果てしなく響いていた。(1-402)[*1]

全集本で一頁あまりだが、作者はまるで小説の構成を忘れたかのように自然の描写に没頭している。それはまさに受験勉強から開放され、懐かしい故郷の自然を取り戻した少年の感激そのものである。この豊かな自然が疲れた少年の心を癒してくれるのだ。そこには色彩が溢れ、動植物が溢れている。しかもそれは単に名前が挙げられているだけではない、短いながらもその生態が的確に描かれているのである。また色彩語のなかにさえしばしば動植物が隠れている。たとえば、青空の形容詞のenzianblauのEnzianとはスイス・アルプスに多く見られるリンドウの一種である。エリカの形容に使われている薄紫も原語ではlilarot、Lilaは言うまでもなく、リラ(＝ライラック)のことである。またリスの形容詞fuchsrotのFuchsとは狐である。このように色彩形容詞の中にも動植物が隠れているのである。全集本で僅か一頁あまりだが、ここにはじつに二十種類を越える動植物が登場している。この豊かな自然が受験勉強に疲れた少年の心を包み込み、癒してくれるのである。

このような自然描写はじつは『車輪の下』に限らない、ヘッセの初期作品のすべてに共通する。つまり、ヘッセの初期の作品には必ず豊かな自然があり、それが、悩み、苦しみ、傷ついた主人公をやさしく包み、癒しているのである。その自然描写の特徴は、登場する動植物の多様なこと、観察の確かなこと、しかもそれが深い愛情をもって描かれていることである。それが主題とみごとにマッチして独自の世界を創り出している。これがヘッセ文学の魅力なのではないか。

　われわれ日本の文学の特性は古来花鳥風月を歌うところにあるが、これとは必ずしも同質ではない。日本の文学も伝統的に自然観照に重点があるが、本質的にこのような描写は好まない。たとえば、「黄菊白菊　その外の名は無くもがな」と嵐雪[*2]も歌っているように、日本の文学の自然描写にはきわめて淡泊なところがある。それが余白とか余韻を尊ぶ日本文化の特質なのである。その点ではヘッセの文学は日本の文学とは異質であるが、この溢れるばかりの自然描写こそヘッセ文学の特質であり、それを日本の読者も受け入れているのである。

　それではヘッセにこのような自然描写をさせるものは何であろうか。

　その答えは処女作とも言える『ペーター・カーメンチント』（一九〇四）の中に見いだされる。

二、物言えぬ自然

　この作品は、主人公の人間形成の過程を描くドイツ伝統の教養小説（Bildungsroman）の系譜に属する。
主人公ペーターはスイス山岳部の豊かな自然の中に育った逞しい体格の若者であるが、見かけによらず内気な性格で、都会に出ても人間になかなか馴染めず、人間よりも山や川、木や石に深い親しみを感じている。彼は詩人になるが、その詩人としての夢は独特のものである。身の回りの「自然」の声を聞きとり、それに言葉を与えたいと念じているのである。

星も山も湖も、自らの美しさと物言えぬ存在の苦悩を理解し表現してくれる人を待ち焦がれているかのようであった。そして私がその一人であり、物言えぬ自然を詩の中に表現するのが、私の本当の使命であるかのように思えた。(1–268)

そして私の回りでは、草原や樹木や畑が言葉にならぬ悲しみの中に沈黙し、私を黙々と哀願するように見つめ、私に何か言いたげに歩み寄って、歓迎しようとしているようであった。(1–265)

彼の詩人としての夢は、この「物言えぬ自然」(die stumme Natur) を理解して、それを言葉によって表現することなのである。彼は絶えずメモ帳を携えて、その中に小路や国道、山や町のシルエット、農夫や徒弟や市場の女たちの会話、気象上の法則、光と影、風、雨、岩、植物、動物、鳥の飛翔、波の形態、海の色の戯れ、雲の形等さまざまなものを書き留めている。それは、いつの日かそれから「自然が語る文学」を完成させたいと考えているからである。

時折私もそれから短い物語を作りあげ、自然研究や放浪の習作として公にしたが、それはすべて人間的なものには関わりがなかった。私には一本の樹木の歴史、一匹の動物の生活、雲の旅などは、人間の点景がなくても、十分に興味深いものだったのである。

(1-265)

ペーターの夢見る文学とは人間的なものを全て排した、まさに自然が語る文学なのである。人間は登場したとしても、それは点景（Staffage）に過ぎない。主人公は自然そのものなのである。

ところで、興味深いのは「自然が語る文学」を創造したいというこの願いは、『ペーター・カーメンチント』という物語の中で詩人になることを夢見る主人公に物語の構成上たまたま付与された願望などではなく、じつは作者ヘッセの根源的願望であったことである。

ほぼ二十五年後の一九二八年に随筆『省察』（Betrachtungen）のなかで、ヘッセは若い頃を振り返って次のように書いている。

若い頃、私は人間に対するよりも風景や芸術作品に対して親密な近い関係をもっていた。それどころか、私は数年にわたり大気と大地と水、樹木と山と動物だけが現れて、人間の現れない文学を夢見ていた。（7-70）

「物言えぬ自然」に言葉を与えること、これがヘッセ自身の願であり、彼の創作の根源だった。しかもそれは生涯を貫く基本的姿勢だったのである。一般に処女作は作家の基本的な傾向を現すものであるが、ヘッセの場合もそう言える。「物言えぬ自然」に言葉を与えたいというヘッセのこの根源的願望が最も直接的な形で表出されたものが『ペーター・カーメンチント』だったのである。

無論このような願望を抱いていても、実際にはヘッセも人間の全く登場しない作品は書いてはいない。（例外的に、メルヒェンのなかに山が主人公になる『ファルドム』という小品があるが、これはあまり優れたものとは言いがたい。）ヘッセの作品にも人間が登場し、ごく普通に愛し、悩み、喜び、苦しむ……つまり、そこには普通の人間の普通の人生が描かれているのである。それは何故であろうか。それは「物言えぬ自然」は主人公にはなり難い、物語を成立させるためには人間を主人公にせざるを得ないからである。人間の登場しない文学などというものは、叙景詩を除けば、不可能だからである。

それでは「物言えぬ自然に言葉を与えたい」というヘッセの夢はどうなったのか。

「物言えぬ自然に言葉を与えたい」というヘッセの夢は作品の背景をなす自然のなかに形を変えて実現されることになったのである。したがって、あの多様な自然は、人間のドラマの背景などではなく、じつは隠された主人公なのである。前節に述べた『車輪の下』の豊かな自然描写はまさにその端的な現れであり、それこそヘッセの描きたかったものなのである。ヘッセの作品はこのようにいわば二重の構造になっており、そこにたぐい稀な魅力が存在する。それを、意識するかしないかは別にして、読者も受け入れているのである。

それではヘッセにこのような文学を志向させたものは何であったのか。それは生まれ育った環境と時代である。ここでヘッセの生い立ちとその時代を概観しておきたい。

三、ヘッセの生い立ち

まず生い立ちから見て行こう。ヘッセの生涯には三つ特徴的なものがある。第一はヘッセが美しい自然に囲まれた小都市に育ったこと、第二は極めて宗教的な環境に生まれ育ったこと、第三は生涯に二度大きな危機を体験したことである。[*3]

第一に挙げられるのは自然環境である。

ヘッセは一八七七年の七月二日にシュヴァーベンの小さな町カルプに生まれた。シュヴァーベンとはバーデン＝ヴュルテンベルク州とバイエルン州にまたがる地方で、もともとはシュヴァーベン公国であった。丘陵性の山地からなり変化に富んだ美しい地方で、多くの詩人を輩出し、詩人の故郷としても名高いところである。カルプはネッカー川の支流ナゴルト川の河畔にある美しい町である。ヘッセはこの町で生まれたが、一家はヘッセが四歳の時にスイスのバーゼルに移り、そこの伝道館に五年間滞在する。バーゼルはライン河の源流に位置するスイス有数の都市である。小さな町とは言えないが、ベルリンやパリ、ロンドンのようないわゆる大都会とは違う、自然に恵まれた美しい都市である。当時は家の裏に広い牧草地が広がっていたという。一八八六年、ヘッセ九歳の時に一家は再びカルプに戻り、ヘッセはそこの小学校に通う。一八九〇年にゲッピンゲンのラテン語学校に入学し、翌年マウルブロンの神学校に進学する。それは名高いシトー教団の修道院附属の神学校で、ヘッセの尊敬する詩人ヘルダーリンやメーリケ、敬愛する母方の祖父ヘルマン・グンデルトも通った名門である。

だが、まもなくヘッセは神経症を患って、神学校を脱走してしまい、二度と戻らなかった。この時からヘッセのいわゆる疾風怒涛の時代が始まるのである。各地の養護施設を転々とした後、バート・カンシュタットのギムナジウムに入学するが、そこでも自殺未遂事件を起こして退学する。このようにして、一八九五年にテュービンゲンのヘッケンハウアー書店の見習いになって落ち着くまで、さまざまの苦難を体験することになるが、この思春期の危機にある孤独な魂を絶えず支え、癒し、導いてくれたのが、南ドイツとスイスの豊かな自然であった。ヘッセは一九〇四年に小説『ペーター・カーメンチント』で成功をおさめ、作家として独立すると、迷うことなくボーデン湖畔の小村ガイエンホーフェンに居を定めている。居所を決める自由を得てなおスイスの片田舎に住むことを選択したのである。それはこの豊かな自然こそヘッセを支え、癒し、導いてくれるものだったからであろう。

ヘッセの居住範囲は南ドイツとスイスに限られている。精神形成上極めて重要な二十歳までの時期に、ヘッセは一か所に五年と続けて滞在していないが、つねに自然にめぐまれた美しい小都市に住んでいた。結婚後も幾度か転居するが生涯スイスを離れることはなかった。ベルリンやフランクフルトなどのいわゆる大都市に住んだことはない。機会に恵まれなかったとも考えられるが、そうではない。大都市を好まなかったからである。[*4]

第二に挙げられるのは宗教的環境である。

ヘッセはプロテスタントの牧師の子として生まれた。父はバルト海沿岸（現在のエストニア）のドイツ系住民である。父方の祖父カール・ヘルマン・ヘッセ博士は郡の医師で帝政ロシアの枢密顧問官でもあり、故郷の町に孤児院を建てたり、祈禱集会を開いたりする極めて信仰心の厚い人であった。父ヨハネスも宗教的情熱に満ちた人物で、宣教師としてインドで布教につとめた。母方の祖父ヘルマン・グンデルトはシュヴァーベン・スイス系住民で、敬虔派インド伝道会の先駆者の一人であり、長年インドで暮らし、マラヤラム語の大辞典を編纂した有名な牧師であったが、視野の広い人物で教義に凝り固まるようなことはなかった。したがって、この母方の祖父の家にはインドの神々の像があったり、絶えずインドから訪問客があったりして、アジア的雰囲気があったという。ヘッセの母マリアはインドで生まれた。伝道会の仕事が父と母を結び付けたのである。このような家系がヘッセを神学校に通わせたのだが、それがまた同時に他の宗教に対する寛容性と、他の文化に対する広い関心とを育んだのである。ヘッセは若い頃から読書家で知られているが、その読書範囲はすこぶる広く、ギリシャ、ローマの古典からインド、中国、日本のものにまで及んでいる。一九二九年にレクラム文庫の要請を受けて著したヘッセの読書案内とも言うべき『世界文学図書館』に於いても、まず最初に（聖書は別格として）古代インドの叡智の書『ウパニシャッド』と『仏陀法話集』、続いて中国の孔子、老子、荘子の名が挙げられていることからも分かるように、ヘッセは自然宗教的色彩の強いアジアの思想に強い関心を抱いているのである。

ヘッセの人生を特徴づける第三のものは二度の危機体験である。

最初の危機は、先に述べたように、マウルブロンの神学校を脱走してから書店員となって落ち着くまでの時期である。神学校脱走の原因をヘッセは『自叙伝』（4-472）のなかで、自分は学校生活のはじめの七、八年は善良な生徒で、常にクラスの上位をしめていたが、十三歳の時に詩人になりたい、さもなくば何者にもなりたくないという激しい感情に襲われてから学校と対立し、四年以上もの間何をやってもうまく行かなかった、と書いている。ヘッセは「詩人になりたい」という激しい願望から学校生活と対立したと書いているが、原因はそれだけではなかったであろう。そこには性の目覚めや自我の確立など、いわゆる思春期特有のさまざまな問題が錯綜していたに違いない。『車輪の下』をはじめとして繰り返し幼少年時代を描かずにいられないヘッセを見ると、むしろ逆にこの思春期の諸問題がヘッセを詩人にしたのではないかとさえ思える程である。いずれにしても、この時期がヘッセの作家としての出発点になったことは間違いない。

第二の危機は一九一四年の第一次世界大戦の勃発とそれに続く数年間である。「詩人になりたい」という願望は一九〇四年の『ペーター・カーメンチント』の成功で満たされることになり、ヘッセは結婚して、十年間ほどはスイスの片田舎ガイエンホーフェンで憧れの田園生活を送るが、そこに第一次大戦が勃発するのである。大戦が始まるとすぐに、ヘッセはベルンの領事館で徴兵検査をうけ、志願するが、徴兵延期となって捕虜保護の勤務に配属される。

ヘッセは熱心にこの仕事に励んでいたが、交戦国の多くの作家や知識人たちが互いに憎しみの言葉を投げ付けあうのに耐えられず、一九一四年十一月三日の『新チューリヒ新聞』に、後に有名になった論文『おお友よ、そんな調子ではなく！』を発表した。これは主に国粋主義の熱に浮かされ、戦争を煽り立てるような発言の見られた当時の文化人たちに宛てたものであった。平和と文化の建設に貢献すべき作家、学者、教師、芸術家などが、ペンをもって兵士たちと一緒に切り込んでいって、ヨーロッパの未来のための基礎を揺るがしてほしくない（7‒49）というこの訴えに対する反響は、しかし予想に反して激しい誹謗、中傷、憎悪であった。ヘッセはドイツの新聞から「裏切り者」と激しく罵られ、書物は発禁になり、精神的にも経済的にも苦しい立場に陥ることになった。やがて、捕虜保護の仕事による過労、故国からの誹謗による心労、加えて父の死と末子の重病、妻の精神病など内外の悪条件が重なって、ヘッセ自身がひどい神経症に陥り、医師の勧めによりルツェルン郊外の療養所でユング派の分析医ラング博士の診察を受けることになる。その分析は一九一六年から一九一七年にかけて合計六十回にも及んだという。彼は分析を受けただけでなく、医師の勧めもあって、まだ歴史の浅かった深層心理学のユングやフロイトの著書を読み漁り、そこから多大の影響をうけることになった。この分析心理学との出会いが、ヘッセの文学にとって大きな転換点となったのである。だが、この孤立無援とも言うべき第二の危機に際してもヘッセの生活を根底で支えたのは、やはり自然であった。ヘッセはこの時期にテッシン州アスコーナ近郊のモンテ・ヴェリタの菜食主義のサナトリウムを訪れ、生活を根底から改め、自然に適う生活に変革しようと試みているのである。また彼はこの苦難の時期に、水彩画を描き始め、美しいスイスの風景画を数多く残している。

このように、ヘッセは極めて密度は高いが、寛容性のある宗教的環境に生まれ、豊かな自然に恵まれた小都市に育った。このような環境が彼に絶えず神と自然と人間の関係を考えさせ、独自の自然観を培ったのである。二度の危機に際してヘッセを癒し、支え、導いたのはその豊かな自然であった。ヘッセの自然観の特徴は、人間と自然とを対立的ではなく、調和的に考えていることであるが、このような自然観はまた時代と無関係ではなかった。

四、その時代

一八世紀に基礎を確立した近代自然科学は、資本主義の著しい発展にともない一九世紀後半に目覚ましい進歩を遂げた。それとともに自然科学的合理主義と唯物論的世界観がヨーロッパ社会に行き渡っていた。文学の領域にも自然科学的方法論が持ち込まれ、新しい時代に即した文学概念を樹立する動きが見られたのである。その結果一九世紀後半から、現実を在りのままに映し出そうとする写実主義、さらに自然科学的方法を用いて現実を実証的に追及しようとする自然主義が盛んになり、ドイツではハウプトマンに代表される自然主義が全盛期を迎えていた。資本主義の発達と物質文明の進歩は、人間の生活を豊かな快適なものにしたが、反面人間関係や社会生活をそれまでより一層厳しいものにした。必然的に自然主義文芸の対象となったのは都市の暗い醜悪な部分や人間の醜い面で、文学はそれを抉り出す方向に向かうことになったのである。[*5]

しかし、同じ社会的状況が反自然主義的動きも生み出している。すなわち、自然科学的唯物論的世界観により宗教が否定され、キリスト教的道徳観によって支えられていた市民社会の秩序が根底から揺らぐと、人々は生存の拠り所を失い、孤独と不安に直面することになった。危機を自覚した人々は、生存の拠り所をさまざまの方面に求めようとする。ある者は東洋に、ある者は古代に、またある者は自己の内面に、またある者は自然のなかに。こうした試みから生まれて来た文学はロマン主義的傾向が強いので、新ロマン派と呼ばれているが、ヘッセの文学傾向もまさにこのような時代の影響下に生まれたものである。自然主義を奉ずる文学者達が都会に住み、主として都会生活の醜悪な面を仔細に科学的に描き出そうと努めたのに対して、ヘッセは田舎に住み、田園生活のおおらかさを抒情的に描き出すことにより、この時代の課題に応えたのである。彼の文学は時には感傷に流れることはあるが、自然と人間のつながりの回復、自然と調和した生き方の探求など、まさに二十世紀の後半から二十一世紀の現在に突きつけられている課題を先取りしたものとも言えるのである。

さて、先にも述べたように、第一次世界大戦を契機とする内外の危機、神経症、深層心理学との出会いなどは中年の作家に大きな転換をもたらした。第一次大戦の前後ではヘッセの文学には大きな変化が見られる。それは、たとえば色彩語の中にもはっきりと現れているが(拙論参照)[*6]、自然描写も例外ではない。溢れるような自然描写は徐々に少なくなり、自然の捉え方、描き方もあきらかに変化している。

だが、注目すべきことは、作品における自然及び自然描写の重要性は決して減少していないことである。量的には明らかに減少し、質的にも変化してはいるが、比喩表現としてむしろ重要度が増していると言ってもよい程である。

以下の章で、ヘッセの作品を彩る多様な自然形象のなかから、〈雲〉〈小舟〉〈風〉〈水〉〈魚〉〈鳥〉〈花〉〈蝶〉〈樹木〉〈火〉〈狼〉を取り上げて、ヘッセ文学に占める自然描写の意義とその魅力を明らかにしていきたい。

［註］

＊1　テキストは主として Hermann Hesse : Gesammelte Schriften in 7 Bänden. Suhrkamp Verlag. 1966. を使用した。引用部のすぐ後に典拠を記したが、その際にはつぎのように略記法をとった。すなわち、(1-234) とあれば、第一巻、二三四頁のことである。

＊2　服部嵐雪。

＊3　ヘッセの伝記的事項に関しては主として Bernhard Zeller : Hermann Hesse. Rowohlt Verlag. 1975.（『ヘッセ』井原恵治訳　理想社　一九八一）に拠る。

＊4　『ペーター・カーメンチント』には大都市パリに対する嫌悪感がはっきりと書かれている (1-293)。

＊5　文学史に関する記述は、『ドイツ文学案内』岡田朝雄著　朝日出版社　一九六九　ならびに『ドイツ文学史』藤本・岩村・神品・高辻・石井・吉島著　東京大学出版会　一九七七　に拠る。

＊6　「ヘルマン・ヘッセの色彩語について」ドイツ文学論集3　一九六九　日本独文学会中国四国支部。

第一章　雲と小舟と風

いかなるものも自らの似姿を愛する。ドイツ人もまた雲を愛する。
―フリードリヒ・ニーチェ―

一、雲のイメージ

ニーチェは『善悪の彼岸』の中で、ドイツ民族と雲との特別な結び付きを次のように指摘している。「いかなるものも自らの似姿を愛する。ドイツ人もまた雲を愛する」[*1]。ニーチェは、ドイツ人が雲を愛するのは、ドイツ人がすべての不明瞭なもの、生成しつつあるもの、ほのかに明るく、湿った、覆い隠されたものを愛し、あらゆる種類の確かでないもの、形をなさないもの、推移するもの、生成するものを「深い」と感じ、これを好むからだ、と解釈している。この解釈はきわめて興味深い。というのはヘッセにとっても雲は特別なもの、自らの似姿だからである。

ヘッセの雲について論じる前に雲に関する一般的イメージをまとめてみる。[*2]

雲とは一般に覆うものの象徴である。それは神々の住む山の頂を覆い、エジプトから逃れ出でたイスラエルの民の前にたなびき、復活したキリストを覆うものでもある。また、雲は天上の絵の中では、神の玉座を形作る（最後の審判）。イスラム世界では雲はアラーの神秘性のシンボルである。自然宗教では雲は雨を運ぶもの、それゆえ豊饒をもたらすものと見なされている。

これが雲の伝統的イメージである。

これに比べるとニーチェの説はかなり独特のものと言えるが、ヘッセもまた雲については一家言を持っている。

一九〇七年にヴュルテンベルグ新聞に寄せた『雲』と題するエッセイの中で、ヘッセは自らの雲に対する深い想いを語っている。風景画家が背景の空に素早く無造作に描き添える一片の雲のみごとな効果を指摘したあと、ヘッセは雲について次のように自説を展開する。

まず、雲の美とその存在意義について、

雲が動くこと、そしてわれわれの目には死の空間に見える空に距離と容積と間隔をうみだすこと、これがまさに雲を美しく意味深いものにするのだ……（KdM-76）[*3]

雲のおかげで大気圏は眼で捉えられるものになる。雲がなければ、大気圏にはわれわれの眼を引くものはなにもない、文字通り空無に過ぎない。雲のおかげで、大気圏は眼に見えるものになり、生命をもち、可測的なものになり、大地と結び付くと言うのである。

さらに、雲と風の関係について、

一片の雲あるいは雲の群れがさすらうのを見ると、急いだり、ゆっくりしたり、止まったり、別れたり、一つになったり、形を変えたり、溶けたり、盛り上がったり、千切れたりするのを見ると、それはさながら一つのドラマであって、興味を引かれ、思わず引き込まれてしまうのである。(KdM-77)

雲によって大気圏が可測的なものになるのと同様に、雲により大気の動き、すなわち風も可視的なものになる。雲によってはじめて風は一つのドラマとなり、雲によってはじめて大気圏はひとつの巨大な舞台となると言うのである。

風だけではない、光も同様である。

光も同様である。われわれは空虚に見える青い空間に光を認めることはない。だが、そこに雲が浮かべば、雲は灰色になり、灰白色になり、白色になり、金色になり、バラ

色にもなるのである、……（KdM-77）

われわれは、しばしば、「物に光を当てる」という表現を用いるが、ヘッセは逆に光に雲を当てる。すなわち雲を配することにより、目に見えない光が可視的なものになると言うのである。

このように雲によりはじめて風や光は可視的なものになり、大気圏はひとつの巨大な舞台となる。しかも、その舞台に描き出されるものは単なる物質の物理的な動きではない。そこにはそれを見ている地上の人間の心の動きが映し出されるのである。それ故、雲は「最終的には、無常の似姿となり、見るものの心を解き放ち、癒す、明るい似姿（KdM-78）」ともなるのである。このように、ヘッセが雲に惹かれるのは、雲が大気圏という広大無辺な大舞台のまさに主役であり、雲が演じ、雲が映し出すのが他でもない見ている者の心だからである。

それでは、雲がいかなる比喩となり、いかなる効果を生み出しているか、ヘッセの作品の中に雲の流れを追ってみたい。

二、似姿 Gleichnis

処女作とも言える『ペーター・カーメンチント』では、雲はライト・モチーフになっている。序章にも述べたように、自然児ペーターにとって自然は山も湖も嵐も太陽も友達であり、いかなる人間や人間の運命よりも馴染み深いものであるが、彼が何にもまして愛したものは雲であった。ペーターは雲への愛を声高に語っている。

この広い世のなかに、雲を私よりよく知り、私より愛している人がいたら、教えてほしい！　あるいはまたこの世の中に雲より美しいものがあったら、見せてもらいたい！（1-230）

ペーターにとって、雲とは、神の世界である天上と人間の世界である地上の双方に属しつつ、変幻自在で美しく、かつ手の届かないもの、すなわち「憧れ」の美しい比喩である。そして彼の人生もまた、そのような手の届かぬ「憧れ」を求めてさまよう流浪の人生にほかならない。彼が雲をこよなく愛するのは、ニーチェの指摘のごとく、それが彼の人生の似姿(Gleichnis) だからである。

ペーターは更に続けて次のように語る。

雲はあらゆる放浪、探求、願望、郷愁の永遠の象徴である。（1-230）

この四つの言葉（Wandern, Suchen, Verlangen, Heimbegehren）は、じつはこの作品の根本的構造をなす概念なのである。すなわち、青い山並みの彼方にある遠い世界に憧れて故郷をあとにしたペーターは、諸国を放浪しながら人生の意味を探求するが、やがて年を取ると郷愁に襲われ、故郷の村に舞い戻り、そこの居酒屋の亭主に納まる――。これがペーターの人生であるが、極論すれば、『ペーター・カーメンチント』という作品はこの四つの概念で構成されているとも言える。まさに雲こそ彼の人生の似姿であり、この作品全体を象徴するシンボルなのである。

雲はまず少年の憧れを誘うものとして登場する。

十歳の時に初めて高い山に登ったペーターは、圧倒するような岸壁、深い峡谷、ガラスのような氷河、眼下に豆粒のように見える村、遠い山並み、そして涯しない地平線を見て驚嘆し、心の奥底で何かが激しく震えるのを感じる。とくに雲が遠い山並みを越えて遙か彼方へと流れて行くのを見ると、遠方の未知の世界に対する抑え難い憧れを感じる。それと同時にまた予兆のように流転の悲哀さえも感じるのである。

やがて主人公ペーターは幸運に恵まれて都会の大学に進学するが、都会に出てからもこの憧れと悲哀の交錯した想いは折に触れて襲って来る。それは彼が憧れていた都会に住んでいても、その生活に決して満足してはいないことを示している。彼の心は相変わらず雲のように止まることなく、満たされることなく遠い彼方を追い求めているのである。このように雲は定住することの出来ない主人公の人生のシンボルであるが、それは単に主人公ペーター個人の人生の似姿であるだけではない。突き詰めれば人間存在そのものの似姿でもあるのだ。

雲が天と地の間に、おずおずと、憧れながら、また誇らしげに漂っているように、人間の魂も時間と永遠の間におずおずと、憧れながら、また誇らしげにかかっているのだ。（1‐230）

人間そのものが天と地、理想と現実、永遠と刹那の間をさまよう雲のように捉えどころがないものであり、一瞬も止まることのない無常の存在なのだ。雲はそのような人間の生そのもののシンボルとして、この作品を特徴づけてもいるのである。

さらに雲は、この作品では手の届かぬ高貴で清らかなものを象徴する。ペーターが憧れながらついに結ばれることのなかった恋人エリーザベトは、白い雲に譬えられて一編の美しい詩となっている……

高い空に浮かぶ
白い雲のように
純真で、美しく、近寄りがたい
エリーザベトよ。（1‐340）

この詩はヘッセの詩の中でも最もよく知られたもののひとつであるが、それは純真で、無垢で、ためらいがちな少年の初恋が、雲の白さ、遠さ、美しさによって譬えられて、そのはかなさ、頼りなさ、もどかしさが流れ行く白雲のイメージによってみごとに読者に伝わって来るからであろう。

さて、ヘッセの作品のなかで、花や樹木や蝶や魚は細かく分類されているが（後に詳しく述べるように、特に蝶はその豊富な知識が至るところで披瀝されているが）、雲の表現にはこのような区別はほとんどない。気象学的に言えば、雲にも巻雲だとか積雲、積乱雲、層雲、絹雲などの区分があるのだが、ヘッセの作品に現れる雲はこうした分類とはほとんど無縁である。しかし、それにもかかわらずヘッセの雲に極めて効果的な比喩の例が見られるのは、じつは雲の持つ曖昧さに依るのである。確かに、巻雲には巻雲の特徴があり、積雲には積雲の特徴があるが、それは大雑把な分類に過ぎず、じつは形も大きさも色も固定してはいない。この曖昧さが見る人々の想像力を刺激し、豊かな空想の世界を生み出す。見る者のその時々の心情がそこに自由に投影されるのである。

その例をひとつ挙げてみよう。

『ペーター・カーメンチント』の第五章に、エリーザベトが美術館でセガンティーニの絵に見ほれている情景が描かれている。それはアルプスの牧草地で働く二、三人の農家の娘を描いた絵であるが、その情景は次のように解説されている。

そこには痩せたアルプスの牧草地で働く二、三人の農家の娘たちが描かれていた、背後にはシュトックホルン連峰を思わせるギザギザの険しい山々が描かれ、その上の冷たく明るい空には、得も言われぬほど見事に描かれた象牙色の雲が浮かんでいた。毛糸の玉のように奇妙に巻かれ、入りくんだ雲の塊は、一目で人の心をひきつけるものだった。それはたった今、風に巻かれ、こねられて、上昇し、ゆっくりと流れ始めたようにみえた。エリーザベトは明きらかにこの雲を理解していた……（1-307）

山並みの彼方の冷たい青空の中に描かれた象牙色の雲！　絵心のある者なら誰にでも分かることだが、雲ひとつない紺碧の空を描く画家はいない。画家ならそこに何かを描かずにはいられないのだ。この雲にセガンティーニが何を託したのか、それは想像するしかないのだが、画家は絵筆を駆使して雲に自らの想いを託し、その想いが形と大きさと色を通して見る者に伝えられ、理解されているのである。

つぎに『デーミアン』に見られる雲の比喩を取り上げてみたい。『デーミアン』もまた主人公の精神形成を描くドイツ伝統の教養小説であるが、この雲にも作者の熱い想いが託されている。

三、雲の予兆

序章でも述べたように、第一次大戦の前後におけるヘッセの変貌の大きさには目を見張るものがある。処女作『ペーター・カーメンチント』と大戦後の一九一九年に出版されてセンセーションを巻き起こした『デーミアン』とでは、同じ教養小説ではあっても、その表現方法にきわめて大きな差異が見られるのである。文学史的に言えば、一九一〇年代はいわゆる「表現主義の一〇年間」と呼ばれる時代で、ヘッセはこの表現主義の運動に積極的には参加していないが、その影響は明らかにこの作品の上にも現れている。表現主義とは、「現実および自然の再現ではなくて、自我あるいは魂の表現を激しい個性的色彩や、フォルムの単純化および変形によって貫こう」*4とするものであるが、大戦後の『デーミアン』に描かれる自然はまさに作者の自我や魂が投影され、形象化されたものである。その意味では雲は格好な形象なのである。

主人公ジンクレールは、子供の頃から、危機に直面したときいつも友達のデーミアンに助けられた。彼の人生において何らかの意味で危機的状況に陥ると、決定的瞬間に必ずデーミアンが現れて、彼を本来の道に連れ戻してくれたのである。それ以来彼はデーミアンの姿を理想の姿として自分の中に持ち続けている。また、デーミアンの母エヴァ夫人も魅力的な婦人で、彼の思い描く理想の女性像、とくに母性像の原型になっている。この作品はユング派の分析心理学の強い影響下で書かれたもので、登場人物デーミアンとエヴァも、人間の心の奥底に存在する無意識の世界を形象化したものである。[*5] すなわち、デーミアンはデーモン(Dämon) に由来して個人的無意識を象徴し、エヴァは旧約聖書のエヴァに由来して集合的無意識を象徴してはいるが、きわめて魅力的で実在感のあるものになっている。作品の後半で、主人公ジンクレールが長年憧れ求めていたエヴァ夫人に出会ってまもなく突然戦争が勃発するが、その戦争の予兆が雲のなかに出現するのである。その模様は次のように描かれる。

私は家を走り出て、町から山の方へ向かった。斜めに降る細かい雨が顔を打った。雲は重く垂れ込め、脅えたように走り去った。地上にはほとんど風がなかったが、上空は荒れているように見えた。時折、数瞬間、鋼のような灰色の雲間から太陽が蒼白くギラギラと輝いた。そのとき薄い黄色の雲が流れてきて、灰色の壁にせき止められた。すると風が数秒間黄色と青色とから一つの像を形作った。それは巨大な鳥であった。鳥は乱れた青色から脱すると、大きく羽ばたいて天空の中に消えていった。(3-245)

黄色の雲の中に一瞬現れて、天空に消えてしまった巨大な鳥はハイタカ (Sperber) であった。この鳥の「卵からの誕生」がこの物語のライト・モチーフになっており、ハイタカは古い家の門柱に刻まれた紋章の中に現れ、無意識に描いた絵の中に現れ、またこのように雲の中にも現れるのである。この鳥については第四章で取り上げるのでここでは詳しく述べないが、この鳥の出現は主人公が幼少年期の殻を破って成人したことを象徴する、と共にまた世界が戦争を契機として「再生」することをも象徴する。繰り返される「ハイタカの誕生」のモチーフのなかでも、この雲の例が最も魅力的なものになっているのは、やはり、雲には一定の形と色がなく無限の変化が可能であり、作者はそこにその時々の人間の心象を自由に反映させることが出来るからであろう。

『ペーター・カーメンチント』に於ける雲はペーターの人生の象徴であったが、『デーミアン』に於ける雲は、このように個人の運命だけでなく、人類と世界の運命を告げ知らすものとなっているのである。

雲の中に神の意志が啓示されるという意味では、これは章のはじめに紹介したヨーロッパ古来の雲のイメージと変わるところはないが、ヘッセの観察の確かさ、すぐれた描写力がドラマチックで魅力的な情景を生み出しているのである。

この雲の予兆のモチーフは『デーミアン』だけでなく、中世ヨーロッパを舞台とした物語、修道僧と芸術家という異質な世界に生きる二人の人物の友情を通して人間の内面の相反する二つの性向の調和を試みた『ナルチスとゴルトムント』にも現れて来る。

芸術的才能に恵まれた少年ゴルトムントは幼くして母を失い、家庭の事情から修道院に入れられる。そこで精神の世界に生きる若き師ナルチスを知りその世界に憧れるが、やがて思春期を迎えると、自我に目覚め、性に目覚め、修道院を抜け出して放浪の旅に出る。この旅はいわば彼の自己発見の旅であるが、その途上ペストの蔓延する地方を放浪していたときに、雲の中に予兆が現れるのである。

彼は仰向けに倒れ、長々と寝そべって、蒼白い夜の雲を見つめた。長いこと見つめているうちに、考えていたことも消えてしまい、空の雲を見つめているのか、自分のなかの朧な世界を見つめているのか分からなくなった。彼が石の上で眠りこんだ瞬間、突然稲妻のように瞬きながら流れる雲の中に青ざめた大きな顔が現れた。それはエヴァの顔であった。陰鬱な曇った目付きをしていたが、突然大きく眼を見開いた。それは欲情と殺戮欲にみちた大きな眼であった。(5-222)

雲の中に一瞬現れたエヴァとは人類の母エヴァ(イヴ)のことであるが、この雲の予兆もまた主人公の運命が大きく転換することを予告する。彼はそこではじめて明確に芸術家としての自らの使命を自覚するのである。

このように『デーミアン』と『ナルチスとゴルトムント』では、雲は見る者のその時々の心の動きを反映するものとして、また運命を予告するものとして、作品の中で重要な役割を演じているのである。

この他にも勿論ヘッセの作品に雲は頻繁に登場して来るのだが、それは例えば、「突然わきあがる思い出の雲」とか「さすらいの思いが雲の影のように」とか、あるいは「薄雲が心の中に湧きあがった」などのように、いわゆる直喩あるいは慣用的な表現として用いられているものが多く、重要なモチーフとして用いられているのは『ペーター・カーメンチント』と『デーミアン』ならびに『ナルチスとゴルトムント』の場合に限られている。本章のはじめに、雲はドイツ人にとっては極めて重要な形象であり、ヘッセにとっても特別な存在であると述べたが、じつは詩作品を除けばヘッセの作品には雲はあまり現れて来ない。それは、先に述べたように、雲には一定の形も色もないからイメージを自由に形成できる反面、あまりにも不明瞭で、不確かで、形を成さないために、心情を伝える抒情詩の場合と違い、思想を表現する散文作品の素材としては限界があるからであろう。雲があまりにも曖昧模糊として捉えどころがなく、イメージが拡散してしまって、一定のイメージを伝えるのは難しいからである。その中では以上の三作品は、それぞれ個人の人生とともに人類や世界の運命を象徴するものとして、すぐれた比喩表現を生み出していると言ってよかろう。形も色も大きさも不定な雲は、じつは文学よりは絵画の素材としての方が適当だと言える。

事実、この章のはじめに示した雲の一般的イメージについての記述はほとんど絵画の世界のものばかりである。

四、小舟

雲がペーターの人生の似姿であると述べたが、『ペーター・カーメンチント』には主人公ペーターの人生を譬える比喩が他にもある。それは雲以上に頻繁に登場して来る〈小舟〉である。舟は自然形象ではないが、雲に類似する特質をもっており、ヘッセの作品の中では雲と同じような比喩表現として用いられているので、ここに併せて取り上げる。

イタリアのラッパロで初めて海で泳いだペーターは、遠くへ走り去る船の姿を見たときの感動を次のように述べている。

> 遠くへ滑って行く船、黒いマストと真っ白な帆、遠ざかって行く汽船の長く尾を引く微かな煙などの光景が私の心をとらえた。私の好きな、休みなく流れ行く雲に次いで、遙か遠くへ走り去り、小さくなり、ひろい水平線の彼方に消えていく船ほど憧れと放浪を美しく厳粛にあらわす形象を私は知らない。(1-289)

舟は、流れ行く雲と同様に、遠い見知らぬ世界への憧れを刺激する。舟もまた彼の人生の似姿なのである。しかし、舟には雲とは異なる特質がある、それは雲に比べて遙かに身近なもので、触れることができ、乗ることもできることである。それはまた、流れに揉まれ、風に振り回される危うい存在でもある、とくに小舟の場合は。その意味では定住することの出来ないペーターの人生の比喩としては舟は雲より遙かにふさわしい。

第一章にすでに象徴的な小舟のエピソードが出てくる。物語は村人の大半が同じ姓を持ち、何代にもわたって生まれ変わり死に代わりしても、まるで変わらない生活様式を続けているスイスの小さな山村の話である。

変化の乏しいそのような寒村にも時々変わり者が出る。主人公ペーターもその一人であるが、ペーターの叔父コンラートはまさにそのような変わり者の典型である。彼はいまだかつて何ひとつ成功したことはないのだが、つねに「発明の才」に駆り立てられて何か企てずにはいられない。彼が何かを考え出すと、その結果が出るまで村全体がその話題で持ちきりになる。そこで本人はもうすっかり成功して有名人になった気になる。すると奇妙なことに村人の目にも彼が何か立派な人物に見えて来るのである。無論彼は成功しない、失敗して村中の笑い者になるのがオチである。

帆船のエピソードもそのような失敗談の一つである。或るとき叔父が帆船を作ることを思い付く。そこでペーターの父の舟が提供されることになる。村人たちはそれまで帆船など見たこともないから、村中が帆船の話題で持ちきりになる。帆や帆綱などがカレンダーの木版画を真似て作られ、準備に数週間かかるが、その間に村人たちの関心と期待はますます高まっていく。

さて、夏の終わりのある日、とうとう帆船が完成し、湖に乗り出すことになる。その日は村中の者が渚や庭に出てこの前代未聞の見ものに立ち会うが、結果は予想される通りである。

舟が微風に乗り、帆を膨らませ、誇らしげに走り去るまで、はじめのうち乗手は漕がねばならなかった。私達は感嘆しながら、舟が最も近くの山の端をまわって消えるまで見ていた。それから賢い叔父が戻って来たら勝利者として歓迎し、自分達の迷妄による嘲笑を恥じようという心づもりをしていた。ところが、夜になって舟が戻ったときには、帆はなくなり、乗手たちは生きているより死んでいると言ったほうがよいような有り様だった。(1-224)

舟は山の端を回った途端に転覆してしまったのである。原因はまことに単純極まりない。帆を付けるのには舟の幅が狭すぎたのである。この失敗で叔父はまたしても人々の嘲笑を買うことになり、しばらくは意気消沈している。だが、叔父がこんなことには懲りないで、やがてまた不死鳥のように蘇り、突飛なことを思い付いては失敗して、退屈な山村の生活に活気を与えてくれるであろうことは——書かれてはいないが——容易に推察できるところである。

この帆船のエピソードは、先にも触れたように、主人公ペーターの人生を暗示する。ペーターもまた人々の期待を一身に受けて勢いよく船出するが、やがて難破して村に戻って来るのである。このエピソードは本題に入る前の、つまり主人公の人生を語る前の伏線をなす逸話なのである。

さて、先にも述べたように、この作品では、繰り返し主人公の人生が流れに揉まれる小舟に譬えられている。幾つか例を挙げて見よう。

大学に進んで言語学を専攻するようになり、新聞の雑文書きで何とか生計を立てることができるようになった頃の期待と誇らしさに満ちた出発も舟に譬えられている。

私は自分のパンを自分で稼ぎ、煩わしい奨学金を断念し、けちな職業文士のしがない生活に向かって、帆をいっぱいに張って出発した。(1-281)

大学生活の中でペーターは無二の親友リヒャルトを得るが、この親友を小川での水浴中に失ってショックを受け、しばらくは生きる意欲を失ってしまう。その状態も小舟で譬えられている。

　二艘の速い小舟のように私達は絶えず前方に向かって突進していた。リヒャルトの小舟は色鮮やかで、軽快で、幸せな、人に好かれる小舟だった。私の眼はたえず彼の小舟に注がれていた。私はそれが私を素晴らしい目的地に連れて行ってくれるものと信じていたのだ。だが、彼は短い叫び声をあげると沈んでしまい、私は舵を失って突然暗くなった水の上をさまようことになったのである。（1-292）

また、ペーターはかなりの酒好きになるが、酒の効用を語る折にも自分の命を小舟に譬えている。

　酒は、隠者であり農夫である私を、王や詩人や賢者にしてくれた。空になった命の小舟を、新しい運命で一杯にしてくれ、暗礁に乗り上げたものを偉大な生命の流れの中へ押し戻してくれるのだ。（1-278）

このように、『ペーター・カーメンチント』という作品の中では、主人公ペーターの揺れ動く人生を形容する表現としてしばしば小舟が用いられているのである。

無論、舟で人生を譬えるのは何もヘッセ特有のものではない。好調な人生を「順風満帆」と評したり、旅立ちを船出に譬え、憩いの場としての家庭を船の停泊する港に譬えたりすることは日常頻繁に行われることであるが、この作品で小舟が魅力的な比喩となって効果をあげているのは、この小舟が雲と同様に作品の主題とみごとに合致しているからである。

この作品を象徴する絵を描くことを想像してみると、その絵には、青い空を流れて行く白い雲、緑の山並み、それと共に青い湖面を走る白い帆の小舟もけっして外すことのできないモチーフであろう。小舟もまたペーターの人生の似姿になっているのである。この作品に数多く見られる舟が、単なる修辞上の比喩ではなく、作品を根底で支えている重要なモチーフであることは以上で十分理解出来るであろう。

この後の作品にも小舟による人生の比喩は見られる。それは主として人生を総括するような場合に用いられるが、日常ごく一般に用いられる程度を越えるものではなく、『ペーター・カーメンチント』におけるものほど重要なものはない。ただ『クラインとヴァグナー』の中には魅力的な比喩表現が見られる。それは自己の内面の分裂に悩む主人公が湖に身を投ずる場面である。

彼の小さな舟、それは彼自身であった、それは彼の限定され人為的に保護された小さな生命であった——しかし、その回りには広い灰色があった。それは世界であった。それは宇宙であり神であった、その中に身を投ずることは難しくなかった、それはたやすかった、それは喜びであった。(3-548)

ここでは舟は自我の固い殻の象徴となっている。したがって、舟から抜け出して湖に身を投ずるということは、主人公が自我の小さな殻を打ち破ったことを象徴しているのであるが、これについては次章水の章で詳しく論ずることにする。

五、フェーン

さて、雲とも小舟とも切り離せないものが風である。『ペーター・カーメンチント』ではフェーンも一役買っているので、ここで一言触れておきたい。

フェーンとは広辞苑に「暖かい乾いた日、アルプスの北斜面に生ずる吹きおろし。一般に山の背面から吹きおろす熱風。風炎。」と説明されているように、激しい熱風で急速な雪解けを招き、野山を乾燥させ、人間の神経系統に不快な圧迫感を与えるものである。したがって、これは単純に南風と訳したのではとてもその内容を表すことはできない。その意味では、「風炎」とは、誰の訳語かはわからないが、フェーンの激しさをも表現するまことに巧みな当て字と言えよう。フェーンもまたこの作品を彩るモチーフのひとつである。

第一章にフェーンの荒れ狂う様子が克明に描かれている。

毎年、冬の終わり頃にフェーンが低いうなりをあげながらやってきた。その音をアルプスの人々は恐れおののきながら耳にするのだが、異国にいるときは郷愁の思いに駆られて憧れるのである。フェーンが近付くと、幾時間も前から男も女も、山も、獣も、家畜もそれを予感する。いつも冷たい反対の風がまず吹き、それから暖かな、低くうなりをあげる烈風がフェーンの到来を告げる。青緑色の湖は瞬く間に墨を流したように黒くなり、突然激しく白い波頭を立てはじめる。すると間もなく、数分前にはまだ音もなく穏やかだった湖が逆巻く波となって、海のように岸辺に打ち寄せるのだった。(1-226)

しばらくすると、土砂で埋まった河川の様子や、壊れた家屋、破損した舟、行方不明になった親兄弟達などの消息が村から村へと伝わって来る。フェーンは毎年決まって国中に大きな被害をもたらすのである。被害から見ると颱風にも似たところがあるが、颱風と決定的に違う点は、颱風が夏の終わりから秋の初めにわが国を襲う、古くは野分と呼ばれて、秋の訪れを告げるものであるのに対して、フェーンは山国スイスの人々に待ち焦がれた春の到来を告げることである。主人公ペーターが、成長するにしたがって、このフェーンに対して恐ろしさだけではなく、愛しさ、懐かしさ、共感のような感情を抱くのはそのためである。

子供の頃私はフェーンを恐れ、憎みさえした。しかし、少年らしい野生が目覚めると

共に、私はこの反逆者、永遠の青年、生意気な闘士、春を告げるものを愛するようになった。（1-226）

フェーンは春の到来を告げるもの、人間の成長過程にたとえれば、まさに青春のシンボルなのである。主人公はフェーンの荒々しさ、強さ、逞しさに自分の青春の漲る力を重ね合わせて、そこに共感を覚えているのである。だが、ペーターがフェーンを愛するのはそれだけでない。フェーンの中に甘く、美しく、豊かな南国の息吹を感じるからでもある。春の訪れの遅いドイツ、スイスなどの山国から見ると、イタリアは古くから文明の故郷であり、オレンジのたわわに実る憧れの土地であり、フェーンはこの豊かな南国の息吹を運んで来るものだからでもある。

後に私はこの愛情を一層深め、フェーンの中にある甘い、美しい、極めて豊かな南国を喜び迎えた。そこからは常に喜びと暖かさと美しさが湧き出るが、山々にあたって砕け、ついには平らな冷たい北国で疲れ果て萎れてしまうのだった。フェーンの季節に山国の人々、とくに女性たちを襲い、眠りを奪い、五感を撫でさするあの甘美なフェーン熱ほど奇妙でおもしろいものはない。（1-226）

このようにフェーンは単に荒々しいだけでなく、北国に住むペーターに待ち焦がれた春の訪れを告げ知らすものであり、憧れの地イタリアの息吹を運んでくるものであるからこそ、少年から青年へと成長するにつれて、フェーンを好ましいものとして受け止めるようになって行くのである。

フェーンは、一九一〇年に書かれた『ゲルトルート』(Gertrud) においても重要なモチーフとなっている。

この小説は激しい気まぐれな情熱に振り回される若い芸術家たちの恋と友情の物語である。主人公クーンは若気のあやまちから、橇で大怪我をし、片足の自由を失ってしまう。恋を諦め、音楽に打ち込み、世間からある程度の評価をうけるようになって、ささやかな満足を見出しているが、やがて音楽を通して好意を寄せる女性を見付ける。だが恋心を告げられずにいるうちに、愛する人を友人に奪われてしまう。失意のうちにも彼は友人と恋人との幸福を念ずるが、感情の烈しすぎる友人と繊細な恋人の間はうまく行かず、結局友人は自殺し、恋人は廃人のようになってしまう。青春の情熱の烈しさ、悩ましさ、苦しさをテーマにしたこの物語の中で、友情と恋のきっかけを作ったのがフェーンを歌った次の詩であったことは偶然ではない。

フェーンの吹き荒れるたびに

山から雪崩が轟き、
死の響きをあげて落ちるのは
神のおぼしめしか。

あいさつを交わすこともなく
人の世を淋しく
さすらわねばならないのは、
神の御手のなす業か。

胸ふさぐ思いでさまよう
我を見たまうや？
ああ、神は死せり！
——されど、我は生きる定めなり？　(2-40)

フェーンが甚大な被害をもたらすように、青春もその漲る激しい力でしばしば消しがたい傷痕を人生に残すものである。フェーンはまさにこの烈しく悩ましい青春のエネルギーのシンボルである。

【註】

＊1　Friedrich Nietzsche : Werke in drei Bänden. Carl Hanser Verlag. 1966. Bd.2 S.710.

＊2　Hans Biedermann : Knaurs Lexikon der Symbole. Droemer Knaur. 1989. S.491.

＊3　Wolken. Hermann Hesse : Die Kunst des Müßiggang. Suhrkamp Taschenbuch 100. 以後これをKdMと略す。

＊4　『文芸用語の基礎知識』　一九七六年　至文堂　三七九頁。

＊5　Hugo Ball : Hermann Hesse. S. Fischer Verlag. 1927. S.71.

第二章　水

川は優しく穏やかに流れていた。乾季であった。しかし川の声は奇妙に響いた。川の声は笑っていたのだ！　その声は明らかに笑っていた。

一、水のイメージ

水は古来その多様な性質から、さまざまな比喩に使われてきた。「水は方円の器に随う」とか「水の低きに就くが如し」とか「行雲流水」など、水の性質に基づく比喩表現はじつに多種多様である。

ハンス・ビーダーマン[*1]に拠ると、水の一般的イメージは次のようなものである。

創世神話のなかでは水は生命の根源をなすものである。

水は根本的シンボルとしては元来アンビバレントな存在である。というのは、水は生命を与える一方、沈没、没落をも暗示する、とくに荒れる水は破壊と死のシンボルともなるからである。

太陽が海に沈むので、水はまた冥府とも関わりをもつ。地下の水は太古のカオスと結び付く。天から降る水は祝福に満ち、浄化の働きをもつ。旱魃、豪雨が神の怒りと結び付くことは言うまでもない。

水はまた川という形をとると、時の流れのシンボルとなり、世界の境界を表し、別の世界への入り口をも象徴する。たとえばギリシャ神話でも生者の国と黄泉の国を隔てるのは「悲嘆の川」アケローンである。

湖は生と死の交代及び復活を意味し、古代から湖底には死者の国があると考えられて来た。キリスト教では水は「生命の水」を与えるキリストの表象であり、浄化、再生をも象徴する。洗礼は霊的再生を意味する。

深層心理学では、水は人間の無意識のシンボルである。

これは水のイメージのほんの一部を紹介したに過ぎないが、水が古来実に多様なイメージと結び付いていることは理解されると思う。


さて、ヘルマン・ヘッセもこうした水のもつ多様な性質と形態を巧みな比喩に用いて、作品に豊かな彩りと説得力を与えている。初期作品から晩年の作品に至るまで、水はさまざまな形に変容して比喩としての作用を存分に発揮している。ある時は万物を飲み込む奔流として、またある時は生命を育む大海、溢れでる生命の根源、罪を清める浄化の水として、またある時は移ろいやすい人生の譬えとして、水はヘッセの文学表現に豊かな広がりを与えているのである。

若干の例を挙げてみよう。

たとえば処女作とも言うべき『ペーター・カーメンチント』のなかでは、時の流れの譬えとして、「そして、過去は私のそばを広い、静かな流れのように流れ去って行った。(1-315)」、また甘い酒の酔いの譬えとして、「そして、この甘い酒神は深くざわめきながら春の宵を通り過ぎて行く流れにも似ており、また太陽と嵐を涼しい大浪にのせて運ぶ大海にも似ていた。(1-279)」などヘッセに特有の比喩が見られるが、水による比喩の優れたものは主として第一次大戦後の作品に見られるのである。

たとえば、

そうだ、シッダルタよ、お前の言わんとすることはこういうことだ。川はいたるところに同時に存在する、源にも、河口にも、滝にも、渡し場にも、早瀬にも、海にも、山川にも、いたるところに同時に存在するのだ。そして川にとっては現在しか存在しない、未来の影は存在しないのだ。(3-698)

これは第一次大戦後まもなく著された『シッダルタ』(一九二二)のなかで渡し守ヴァスデーヴァが語る言葉であるが、人生が水の特質を介して語られることにより、明快な説得力のあるものとなっているのである。また同じように最後の大作『ガラス玉遊戯』(一九四三)に

おいても、

我々には存在は与えられていない、我々はただの流れでしかない、我々はあらゆる形の中に喜んで流れ込むのだ（6-544）

という比喩に見られるように、人間存在が水に譬えられて、意味深いものになっているのである。

このようにヘッセの作品においては、初期の『ペーター・カーメンチント』から最後の大作『ガラス玉遊戯』にいたるまで、水は実に多様な形で多彩な比喩を生みだしているのである。水がこのような多彩な比喩を生み出すのは、もとより水が本来もっている多様な性質によるわけであるが、それを支えているのはヘッセの確かな自然観察力と自然の美にたいする（とくに水の多様性と美にたいする）感激なのである。

二十三歳の無名のヘッセは、習作集とも言うべき『ヘルマン・ラウシャー』（一九〇一）のなかで、スイスのルツェルンで湖の美しさから受けた感激を次のように書いている。

湖から受けた感激はまだ微かに私のなかに続いている。湖の美しさは汲めども尽きぬもので、すべての山々がまだ深い雪を被っている今、一段と新鮮で清らかだ。湖は訪れる度に新しく、慰めと豊かさに満ち溢れている。ルツェルンの船着き場に行くたびに湖の影響が始まり、強められ、変化してくる。(1-196)

この湖の美しさに対する感激は、少年の頃のあの「詩人になりたい」という強い憧れと一体になっている。同書の中でヘッセはさらに「この溢れんばかりに豊かな色彩の浄福と興奮の瞬間を、言葉に移して詩に作り上げることのできる日が来るだろうか? (1-202)」と夢の実現を案じてもいるのである。

湖から受けた感激を詩に作り上げたいというこの夢は『ペーター・カーメンチント』の成功で叶えられるのだが、初期の作品群に多く描かれる川や湖も、まさにこの夢の実現を告げるものなのである。また、これらの川や湖が単に風景の一部をなしているだけではなく、作品の構成全体に深く関連した象徴的意味をもっていることは再三にわたって指摘した通りであるが、ここではそのうちの「水死のモチーフ」をめぐって、水の果たしている役割と効果について論じていきたい。

二、挫折

一九〇四年の『ペーター・カーメンチント』から第一次世界大戦が始まる一九一四年まで、いわゆるヘッセの初期の作品には、水は実に多様な形態をとって現れてくる。それは当時のヘッセの関心が主として写実的な自然描写にあったためであるが、その中でもとくに頻繁に現れるのは「自然対人間」という関係に於ける自然を代表する水である。たとえば、『ペーター・カーメンチント』には雪解けの奔流が描かれているが、これは自然の力の猛々しさとそれに対する人間の無力を対照的に表現するものであった。人間の営みの上に大きな力を振るう自然に対しては、人間はまことに頼りない無力な存在である。ヘッセがこの頼りない存在を好んで小舟に譬えたことはすでに第一章の小舟の節で述べたが、流れに弄ばれる小舟に譬えられるように、人間の生は常に死の危険に曝されている。そこに「水死のモチーフ」が生まれて来るのはしごく当然のことであろう。

『ペーター・カーメンチント』が書かれた二十世紀初頭には、まだ交通機関は現在ほど発達しておらず、交通事故は現在ほど頻繁には起きなかった。したがって、事故死として極めて可能性の高いものが「水死」であったことは容易に推測できることであるが、ヘッセの場合「水死」は単に可能性の高さからのみ選ばれたものではない。「水」は単なる事故死の原因ではなく、「自然」そのものの象徴であって、更にその背後に「神」の存在が考えられているのである。

さて、第一章でも述べたように、青年ペーターの前に青春のシンボルのように登場する陽気で世慣れた青年リヒャルトの死は水死であった。彼は南ドイツの小さな川で遊泳中にあっけなく溺れ死んでしまう。これはペーターの言葉によれば「青春の終わり」であるが、人生がまだ始まったばかりで何ひとつ実を結ぶことなく突然終わってしまったこの青春は「挫折」としか呼びようがない。『ペーター・カーメンチント』に現れる〈水死〉はこれだけであるが、主人公ペーターも人生の途上、困難に出会い死を考えたことがある。その際彼の脳裏に思い浮んだ死も「水死」であった。それは、先にも述べたように水の背後には神が存在し、水による死には安らぎが感じられるからに外ならない。『ペーター・カーメンチント』は作品全体が明るく健康的で田園生活の賛美に終始しているから、このリヒャルトの水死は作品にほとんど何の翳りも与えていないのだが、これに続いて書かれた自伝的要素の色濃い『車輪の下』に於いてはこの「水死のモチーフ」はきわめて重要な意味をもっている。

仲買人兼代理店主ヨゼフ・ギーベンラートの一人息子ハンスは才能に恵まれた少年であった。母親を早く亡くして淋しい家庭ではあったが、彼は自然の中で伸び伸びと育ち、水泳と魚釣りの好きな少年であった。しかし、やがて父親や教師たちの虚栄心に煽られ、苛酷な試験勉強を強いられる。幸い州試験に優秀な成績で合格し、神学校に入学するが、そこでの生活に耐えられず脱落して故郷に戻って来る。そんなハンスを迎えるのは、子供たちの嘲笑と大人達の冷たい無関心である。彼はかつての愚鈍な同級生たちに遅れて錠前屋の弟子になるが、最初の休日に仲間たちとはじめて酒を飲み、川にはまって命を落としてしまう。この「水死」の模様はつぎのように描かれている。

彼がどのようにして水の中に落ちたのか、知る者は誰もいなかった。険しい斜面で誤って足を踏み外したのかも知れなかった。水を飲もうとして平衡を失ったのかも知れなかった。もしかすると美しい水の姿に誘われて覗きこむと、夜の闇と青い月があまりに穏やかで安らぎに満ちていたので、疲れと不安のあまり死の影のなかに引き込まれてしまったのかも知れなかった。(1-544・5)

死を迎えた少年の姿には苦痛よりもむしろ安らぎが見られる。彼は現実の故郷には最早かつての安らぎを見いだすことが出来ず、水のなかに平和と休息を見出したのである。「花の盛りに突然折られ、楽しい道から引き離されたような様子(1-545)」とも表現されているように、彼の死はまさに「挫折」にほかならない。自然と一体になった生活から、受験勉強によって無理やり引き離され、神経を病んだ少年はもはや故郷には安らぎは見出せず、「水」すなわち神の手に抱かれてはじめて安息を見出しているのである。

『車輪の下』では、このほかに神学校の同級生ヒンディンガーの死も水死である。彼は金髪のおとなしい少年で、いなくなって初めて話題になるような存在であるが、ある日近くの森の中の池に落ちて命を落とす。その死はいわば静かな池に投げられた小石のごときもので波紋が消えるとすぐに忘れられてしまうが、この死は主人公ハンスの死の伏線をなす。すなわち、秀才の誉れたかく、町の有名人でもあったハンスの死も結局はこれと同じもので、しばらくは町の噂にはなるが、やがて人々の記憶から消え失せてしまうのである。作者はその死を悠久の自然と対比させて、次のようにこの物語を終えている。

小さな町の上には喜ばしげな青い空が広がっていた、谷間には川が光っていた、樅の山が遠くまで柔らかになつかしく青くかすんでいた。(1-546)

人間の生死は、秀才であれ、凡庸なものであれ、悠久の自然の営みに較べればまことに儚いものなのである。

ハンスの死と同様に神の手に抱きとめられる死が『クヌルプ』(一九一九)にも見られる。才能に恵まれ、人々に期待されながら、ふとしたことがきっかけで道を外れ、一生を放浪の旅に過ごしてしまうクヌルプの人生もまた挫折の人生である。彼は初老になり不治の病に罹ると、故郷に向かい、故郷を回る山の中で雪に埋もれて死を迎える。朧な意識の中で、彼は何一つ成し遂げたもののない自分の人生について神と対話し、辛うじて納得して、神の手に抱きとめられて死を迎えるのであるが、この雪の中の死も「水死」のヴァリエーションのひとつに数えてもよかろう。

三、帰一

第一次大戦後の作品においては、この「水死のモチーフ」はさらに積極的な意味を持つようになる。特に『クラインとヴァグナー』（一九一九）と『シッダルタ』（一九二二）の二作品に於いては、水の持つ象徴性がつよく表に出ていて、なおかつその意味するところが作者によって詳しく解説されてもいる。

第一次大戦前のヘッセは反リアリズム的方向をとりながらも、その表現法においては極めて写実的な文体に終始していたが、第一次大戦後には一転して象徴的な表現を大胆に取り入れるようになる。これは当時絵画を中心に時代を代表していた表現主義の作風と通じるものだが、彼の場合この傾向を根底で支えていたのは大戦中神経症の治療を通して体験したユング派の心理学である。この時期のヘッセの作品には、この精神分析の手法や精神分析に基づく心理描写がかなり頻繁に見られるが、『クラインとヴァグナー』はこの特徴を最も顕著に持つものと言える。まずこの作品から検討していきたい。

真面目な官吏で、善良な教養ある市民と思われていた主人公クラインが、四十歳を越えたある日、突然公金を拐帯し妻子を捨てて逃亡してしまうところからこの物語は始まる。彼は無意識に忘れていた「南国への憧れ」に導かれて、イタリアへと逃げる。この逃避行の途上で、本人にも意識されていなかったこの大胆な行動の真の意味が徐々に明らかにされて来るのである。

物語のタイトル『クラインとヴァグナー』のクラインは主人公の名前であるが、このクラインがクラインビュルガー（Kleinbürger）、すなわち小市民を象徴するものであることは言うまでもない。一方、ヴァグナーとは二重の人物名である。一人は南ドイツの学校教師で、数年前に家族全員を血生臭い方法で殺害した男である。クラインは、事件当時同僚との間でこの事件が話題になったとき、異常な激しさでこの一面識もない人物を批判したことがある。それは、彼が自分の中にもその残虐行為の可能性が存在するのを無意識に感じていたためであったことが、徐々にあきらかにされて来るのである。もう一人のヴァグナーとは、有名な作曲家リヒャルト・ヴァグナーのことである。クラインは二十歳の頃までこの巨匠に夢中だったが、やがて批判的になった。忘れていたこの二人のヴァグナーが、逃亡中に不意に意識に上って来て、徐々にその姿をはっきりさせて来るのである。この二人のヴァグナーが、日々の生活を小心翼々として守っている小市民クラインと対極的な存在であることは言うまでもない。ヴァグナーによって代表されるものは、心理学的に言えば、クラインの自我の抑圧された半面である。

クラインは、外面的には常にまじめな官吏で、温和な教養ある市民、誠実な父親であったが、じつは絶えず不安といらだちに悩まされていた。それは心の中に常に分裂、葛藤を抱えていたからである。したがって、この度のクラインの犯罪は、彼の心の内で長年の間抑圧され、鬱屈していたものの爆発的な反動であったことが、徐々に明らかにされて来るのである。

この小説のテーマは、このように人間の心の内に存在する相反するもの、たとえば理性と感情、男性的なものと女性的なもの、精神と本能、善と悪など、あらゆる対立するものの統合、分裂の克服に絞られてくる。

物語は、人間の行動を支配するのは必ずしも理性ではない、無意識的なものが深く係わっているのだ、と主張する深層心理学の立場に立って、主人公の心理が徐々に分析、解明されるように構想されている。したがって、クラインが南国イタリアへと向かうのも、解放的な南国イタリアで、それまでの生活とは正反対の遊蕩生活を送り、酒や賭博や女などに溺れ、麻薬ハッシシまで体験するのも、彼の理性による意志的行動ではない。彼はただ無意識的なものに導かれて、失われていた自己の反面を回復するために、それらの行動をとるのである。これが謹厳実直な小市民、善良な夫にして誠実な父親である主人公の心のうちに抑えられていたものの反動であることは言うまでもないが、その体験のうちでもっとも重要なものはテレジーナという美しい女との享楽的な体験である。彼はこの体験を通じて、一時的ではあるが、分裂を克服し「一体化の至福」を経験する。だが、これはつかの間のことに過ぎず、結局は死を選ぶことになる。彼が死を選ばなければならない必然性はここでは示されていないが、ここで注目すべきはこの死が湖での「水死」として描かれることである。

その死の意味は次のように解説されている。［この部分は、前章で既に紹介したところであり重複するが、帰一のテーマにとっても重要な部分であるから今一度引用する」

彼の小さな舟、それは彼自身であった、それは彼の限定され人為的に保護された小さな生命であった――しかし、そのまわりには広い灰色があった、それは世界であった、それは宇宙であり神であった、その中に身を投ずることは難しくなかった、それはたやすかった、それは喜びであった。（3-548）

身を投じた瞬間に彼はあらゆる不安と苦悩から解放されている。この投身の意味は延々数頁にわたり解説されているが、要するに湖に身を投ずるという行動は「神の手」に身を委ねることを意味しているのである。つまり、この死は絶望の果ての死ではない、一体化の成就を意味する死なのである。あらゆる既存の価値観を投げ捨て、ひたすら心内の声に耳を傾け、運命の手に身を委ねるとき、人間は苦悩と不安から解放されるというのである。ヘッセはこれを「神への帰一」（die Wiederkehr zu Gott）と表現しているが、これは神の手から生まれた人間がふたたび神のもとに帰ること、あるいは自然から生まれた人間がふたたび自然に帰ることを意味する。これはまさに（この作品ではまだヘッセは言及していないが）『ウパニシャッド』のいう梵我一如*2のことである。すなわち、梵（ブラフマン）とは古代インド哲学においては宇宙の究極的原理であり、我（アートマン）とは個体の究極的原理である。この両者すなわちブラフマンとアートマンとの合一（梵我一如）にウパニシャッドは人間存在の究極目標を見だしている。結末の「いまやクラインは彼自身の声を聞いた。彼は歌った。新たな、力強い、明るくよく響く声で彼は大声で歌った。大きなよく響く声で神を誉め称える歌をうたった（3-549）」という表現は、まさに「合一」の喜びを示すものにほかならない。

かくしてクラインの自己実現がなされるのだが、この結末は、第一節で紹介した「湖は生と死の交代を象徴し、再生を意味する」という湖に対する一般のイメージの前半とは一致するが後半とは結び付かない。すなわち、生と死の交代は意味しているが、死の必然性も示されていないし、「再生」とも結び付かない。その点に関してヘッセは、クラインの自己実現が死で終わることがけっして必然でないことを「彼が水の中へ、死の中へ身を投げたことは、必ずしも必要なことではなかったであろう、彼は同じように生の中へ身を投げることもできたであろう（3-549）」という言葉で補っている。要するに肝心なことは死ぬことではなく「身を投ずる」ことであり、心内の声に耳を傾け、運命の手に思い切りよく身を委ねることなのである。

この点に関しては、これに続いて書かれた『シッダルタ』（一九二二）と『ガラス玉遊戯』（一九四三）では整合性が見られる。シッダルタは仮死を経て、再び生へと戻って来る。彼は死の中へでなく、生の中へ身を投ずるのである。『ガラス玉遊戯』の場合は、主人公クネヒトは湖に身を投じ、肉体は滅ぶがその精神は少年ティトーのなかに転生するのである。「挫折」、「帰一」と続く水死のモチーフは最後に「再生」、「転生」に至るのである。次に『シッダルタ』

と『ガラス玉遊戯』について考察する。

四、再生と転生

「インドの詩」という副題をもつ『シッダルタ』においては、水は「川」という形で極めて重要な役割を演じている。この作品はシッダルタという名前から判断して仏伝と思われるかもしれないが、仏伝ではない、仏陀と同時代の一青年シッダルタの精神の発展を描く一種の教養小説である。この作品にはヘッセの東洋研究の成果が集約されている。ヘッセの東洋への関心は仏教だけではない、バラモン教、ヒンズー教、更には老荘をはじめとする中国哲学にも深い関心を示している。たとえば、シッダルタという名は周知のように釈尊の出家以前、王子であった頃の名前であるが、修行仲間のゴーヴィンダや渡し守のヴァズデーヴァという名前は、宗教詩『バガヴァッドギーター』[*3]から取られたものである。このように、この作品はいわばヘッセの東洋研究の集大成ともいえるのである。

さて、この作品は二部に分かれている。第一部ではバラモンの子として生まれた主人公シッダルタが父親のもとを離れて、バラモン、沙門[*4]、仏陀などの精神的な師のもとを訪れる修行の旅が描かれ、第二部では、シッダルタが世俗の世界に没入し、その世界でさまざまな体験をした後に悟りにいたる過程が描かれる。

シッダルタは学者である父にバラモンの教えを受け、その教えが正しいことは認めながらも満足できず、求道の旅に出る。彼が求めていたのは単なる知識としての教えではなく、体験を通しての悟りであったからである。彼はこの旅で、バラモン、沙門、仏陀とさまざまな出会いを体験するが、求めるものは得られない。

第二部は彼が川を渡るところから始まる。本章の冒頭でも述べたように、川は世界の境界を意味し、川を渡るとは別の世界に入ることを意味する。すなわち彼はバラモン、沙門、仏陀という精神の世界から世俗の世界へ、現実の世界へと境界を越えるのである。クラインが水の中に身を投げ、新たな生への可能性を得たように、シッダルタは、精神の世界を離脱し、世俗の世界に身を投ずるのである。

水は、すでに第一部においても、「神聖なる水浴」とか「自我の源泉」などのようにさまざまな比喩となっている。それは「深い水をくぐるように、この感覚の奥底まで沈潜し……」とか「見よ、ここに泉がわき出るように」というような表現で人間の心の奥底や感情の源を表現するのに使われることが多いが、ここでは作品の全構成に関わる重要な表現となっている第二部の「川」にのみ注目していきたい。

川を渡って世俗の世界へ入ったシッダルタは、遊女カマラから恋愛の手ほどきを受け、商人のカマスワミから商売を学ぶ。彼はそれらの技に於いても並外れた才能を示すが、やがてそれにも飽きたらず、酒や賭博に溺れていく。彼は世俗の世界を底の底まで味わい尽くすのである。
幾年か過ぎたある日、彼は突然反吐が出そうなほどの自己嫌悪に陥る。絶望と恐怖に襲われて、何もかもかなぐり捨て、町を離れ、森の中へと迷い込む。森の中を幾日もさまよい歩いた後、かつて渡ったことのある川のほとりにたどり着き、そこで投身自殺を決意する。そのときの状態は次のように描写されている。

彼は顔を歪めて水の中を見つめた、自分の顔が映っているのが見えた、それに唾を吐きかけた。深い疲労感の中で彼は木の幹から腕を振りほどき、真っすぐに落ちて、水の中に沈むように少し身をひねった。彼は沈んでいった、目を閉じて、死に向かって。

(3-683)

だが彼は死ななかったが、死に向かって身を投じたとき、魂の奥底から一つの響きが聞こえて来たのである。それは古いバラモンの祈禱の始めと終わりの句で、「完全なるもの」を意味する聖なる言葉オーム[*5]であった。これを聞くと、彼は翻然として梵(Brahman)を悟り、深い眠りに入る。この眠りから覚めたとき、シッダルタは新しい人間に生まれ変わっていたのである。クラインの水死がここでは眠り(仮死)に置き換えられている。『クラインとヴァグナー』で予告されたように、死ぬことに意味があるのではなく「身を投げ出す」ことが肝要だったのである。

生まれ変わったシッダルタは、子供のように純真で、信頼に溢れ、何事にも恐怖を抱かず、喜びに満ち溢れていた。彼は死ななかったが、彼の中で何かが消滅していたのである。それは彼が長年にわたり滅したいと念じていたもの、長年の間苦しんでいたもの、すなわち「臆病で高慢な小さな自我」であった。クラインは身を投げて死ぬ瞬間に〈帰一〉を体験し苦悩と不安から解放されたが、シッダルタも身を投げ出したことによって、一時的にもせよ、悟りに到達できたのである。

ここで注目すべきことはシッダルタの場合もそれが「水」を通じて達成されたことである。先にも述べたように、川は世界の境界を形作る。川を越えるとは一つの世界から別の世界へと境界を越えることを意味する。この場合もシッダルタが俗世を離脱して、ふたたび新しい精神の世界に到達したことを象徴しているのである。生まれ変わったシッダルタに川は語りかけてくる。川はいまや彼には、生あるものの如く、語りかけて来る。

千もの目をもって川は彼を見つめた。緑色の、白い、水晶のような、空のように青い目で彼を見つめた。彼はいかにこの水を愛し、この水に魅了され、水に感謝したことか！　心の中で新しく目覚めた声が語るのが聞こえた、その声は彼に告げていた、この水を愛せ、この水のもとに留まれ、この水から学べ、と。(3-693)

シッダルタはこの川に魅了され、川のほとりを離れまいと決心する。かくして川はシッダルタの師となり、神となるのである。

空腹に促されて彼が渡し場に行くと、若き日のシッダルタを親の元から世俗の世界へと渡してくれた渡し守が彼を迎えてくれる。「万物は再び来る！……あなたも再び来るであろう」という渡し守の過日の予言が現実となったのである。この渡し守の予言もまた、雨↓川↓海↓水蒸気↓雲↓雨という水のサイクルから生まれたものだったのである。

シッダルタはそこで渡し守の弟子になり、その仕事に励むのだが、この渡し守という仕事こそ彼の精神が一段上の段階に到達したことを象徴するものである。仏教では衆生を悟りに導く教えを乗り物にたとえるが、それには声聞乗、縁覚乗、菩薩乗の三種（三乗）がある。声聞、縁覚の二乗は自己ひとりのみの悟りを求めて行う修行を意味し小乗に属するが、菩薩乗とは「悟りの真理を携えて現実世界のなかに降りたち世のため人のために実践する」[*6]もののことである。渡し守とはまさに衆生を彼岸へと導くこの菩薩行を象徴するのである。

川はシッダルタに宇宙の法を説く、そこで彼は自分の人生を見つめる、「するとそれもまた川であった。(3-698)」。彼が学ぶことはことごとく川と水に関すること、水の性質から帰納されることであり、それがそのまま人間の生の比喩となっているのである。

川の説く究極の教えは合一の思想（der Gedanke der Einheit）である。それは渡し守のつぎの言葉で示される。

おお、友よ、川にはたくさんの声が、とてもたくさんの声がありはしないか。川には王の声が、戦士の声が、牡牛の声が、夜の鳥の声が、生まれつつあるものの声が、嘆き苦しむものの声が、そしてその他の幾千もの声がありはしまいか。(3-699)

ここにこの作品の根本的テーマが集約されている。単調な音を立てて流れているように聞こえる川の音も、じつは無数の音から成り立っている、そのすべての音が溶けあい一つの音〈聖なるオーム〉になっているのだ。人間も同じだ。人間の生もまた無数の連鎖から成り立ち、それが溶け合って一つになっているのだ。人間の生を、単純に善と悪とに分けて、その一方を否定などしてはいけない。人間という存在は、決して理性と感情、精神と本能、善と悪などという単純な二元に還元できるものではない。人間の生はあらゆる対立を含めて肯定されなくてはならない、と言うのである。

人生を川に譬えることは決して珍しいことではないが、この川はもはや単なる比喩などではない、川そのものがこの作品の中心なのである。この物語から川に関わる記述を除いたら作品そのものが成り立たないと言っても過言ではないだろう。

更に、シッダルタに最後の試練として与えられるのが不肖の息子である。カマラの残した我儘一杯の息子に対する彼の盲目的な愛はまさに煩悩の極であるが、興味深いのはこれもまた「水」で表現されていることである。

この愛が、この息子に対する盲目の愛が一つの煩悩であり、極めて人間的なものであり、輪廻であり、濁った泉であり、暗い水であることを彼は十分に感じていた。(3-710)

シッダルタはこの息子を自分のそばに置いて教え導こうとするが、少年は父に反抗して、ある日川を渡って町へ逃げ戻ってしまう。シッダルタは渡し守の忠告も聞かずに息子の跡を追うが、結局連れ戻すことはできない。彼は息子の逃走により心に深い傷を受け、大きな悲しみを味わうが、そのような彼の行動を「川」が笑うのである。

川は優しく穏やかに流れていた。乾季であった。しかし川の声は奇妙に響いた。川の声は笑っていたのだ！　その声は明らかに笑っていた。川は笑っていた。川は明るく澄んだ声でこの老いた渡し守を笑っていた。(3-717)

息子の行動は、その昔悲しむ父を捨てて旅立った彼自身の行動の繰り返しに過ぎない。彼自身も旅立って以来一度も故郷を訪れていないし、親の臨終にも立ち会わなかった。
このように、息子への盲目的な愛が煩悩であり、輪廻であることを川が彼に教えるとき、川は己の姿を映し出す「水鏡」となっているのである。

シッダルタは立ち止まった、もっとよく聞くために水面に身を屈めた、すると静かに流れ行く水の中に彼の顔が映っているのが見えた。そして、この映っている顔の中には何かがあった、過ぎ去った何かを思い出させるものが。そこで彼はよく考えてみた。そして分かった。この顔は誰かに似ていた、かつて知っていて、愛し、恐れてもいた顔に。それはバラモンである彼の父の顔に似ていたのだ。（3-717）

この「水鏡」は、その昔自分が沙門のところに行かせてくれと父に無理に頼んだこと、自分の行動が父に深い悲しみを与えたこと、父に別れを告げて二度と戻らなかったことなどをシッダルタに思い出させる。この辛く悲しい体験を通して、シッダルタは更にいっそう人生に対する理解を深め、慈悲の心を学び、人間として完成に近付いて行くのであるが、この経過もまた「水」を通して描かれている点に注目せずにはいられない。なぜならここでは「水」が語っているからある。序章で述べた「語れぬ自然に語らせたい」というヘッセの夢がここに見事に、具体的かつ効果的に実現されているからである。

さて、この父と子の問題は、序章でも述べたように『車輪の下』以来の問題であるが、最後の長編小説『ガラス玉遊戯』においても繰り返される。だが、それはここではいわゆる父と子ではなく精神的な父と子、すなわち師と弟子の関係に移しかえられている。そして、そこにも「水死のモチーフ」が繰り返されているのである。

理想郷カスターリエンで最高位にまで昇りつめたヨーゼフ・クネヒトは、ある日自らその地位を降りて一介の教師になる。カスターリエンという象牙の塔を離れ現実の世界における実践に身を投じたのである。これもまたシッダルタの渡し守同様に「悟りの真理を携えて現実世界のなかに降りたち世のため人のために実践する」菩薩行であることは言うまでもない。彼の教師としての仕事の第一歩は友人の息子、反抗的で親の手にも学校の手に負えない少年ティトーの教育である。クネヒトは少年を山荘に連れて行くが、山荘についた翌朝「湖で泳ぎたい」という少年の希望に応じて、氷河の水を集めて肌に切りつけるように冷たい水の中に入って命を落としてしまう。旅の疲れと健康への不安にもかかわらず、ただ少年を失望させたくないという一念からクネヒトは水に入ったのである。彼はまだ何一つ教えることなくこの世を去ったが、この死は無駄にはならなかった。少年は師匠の死に対する責任を痛感すると、はじめて人生に真摯に立ち向かう決心をするからである。

どのように弁解しようと自分は師匠の死に責任があるのだと感じると、この罪が彼と彼の生活を作り変え、今まで彼が自分に求めたものよりも遙かに大きいものを自分に求めるだろうという予感で神聖なる身震いに襲われるのだった。(6-543)

クネヒトの精神は水の中に「身を投ずる」ことにより、少年ティトーのなかに「再生（転生）」した。『クラインとヴァグナー』では死で終わり、『シッダルタ』では仮死を経て再生したものが、ここでは死を経て転生したのである。

浩瀚な『ガラス玉遊戯』には、さらに「雨乞い師」、「聴罪師」、「インドでの履歴」と題する三つのかなり長い物語が付されている。ひとつは数千年前のゲルマン世界と思われる村落、ひとつはキリスト教開教間もないガザの町、最後のひとつはバラモン教時代のインドと、時代も場所も異なる三つの世界の三人の人物の物語であるが、これらはいわばガラス玉遊戯名人ヨーゼフ・クネヒトの前生譚である。雨乞い師の名クネヒト、聴罪師の名ヨゼフス（ヨーゼフ）はもとより、「インドでの履歴」の主人公の名前ダーサ（Dasa）もまたガラス玉遊戯名人ヨーゼフ・クネヒトを指し示している。ダーサ[*7]とはインド最古代における四姓の最下層、農奴、奴隷階級のこと、まさにクネヒト（農奴、下僕）のことなのである。

この三つの履歴書に共通するのが死と転生である。究極の生贄として自らの命を投げ出し弟子に雨乞いの儀式を託す雨乞い師、使命を弟子に託して朗らかに自らの墓を掘る聴罪師、浮世での死を体験させて後に弟子を受け入れるヨーガ行者、いずれの場合もその使命と精神は、死を経て次の生に引き継がれていく。本編をあわせて四つの繰り返される死と転生の中でも、雪解けの氷のように冷たい清冽な水を介してなされた遊戯名人の転生が、もっとも鮮烈で意味深い。それは、この転生が本章の冒頭に示した「生と死の交代」、「浄化」、「再生」を象徴するという水のイメージとみごとに合致しているからである。

〈挫折〉〈帰一〉〈再生〉と続いた水死のモチーフは、このクネヒトの〈転生〉をもってここに完結するのである。

以上のように、幾つか繰り返された「水死のモチーフ」の中に、ヘッセの思想と精神の進展が鮮やかに浮き彫りにされている。二十三歳のヘッセが抱いた「湖から受けた感激を言葉に移して詩に作りたい」という願いは、人生経験の膨らみのなかでさまざまな形をとりながらも、みごとに叶えられていると言ってよかろう。

[註]

＊1　Hans Biedermann : Knaurs Lexikon der Symbole. S.471.
＊2　『岩波仏教辞典』中村元他編　岩波書店。「梵我一如」の項に拠る。
＊3　インド古代叙事詩『マハーバーラタ』第六巻「神の歌」。
＊4　沙門とは、ジャイナ教や仏教の男性修行者一般をさす。『岩波仏教辞典』中村元他編　岩波書店。
＊5　a-u-m の三字から成った言葉で、古来インドでは発生・維持・終滅の合成語、一切世界の始終で

あるとしていろいろ神秘的解釈が与えられている。(中村元監修『新・佛教辞典』誠信書房)

＊6 『岩波仏教辞典』中村元他編　岩波書店「三乗」の項に拠る。

＊7 『岩波仏教辞典』中村元他編　岩波書店「首陀羅」の項に拠る。

第三章　魚

ああ、魚釣り！　それももはやほとんど忘れてしまっていた。

去年、試験のために魚釣りを禁じられたとき、彼はひどく泣いた。

一、魚のイメージ

魚には、群れをなして泳ぐ姿から多産や豊饒のイメージがある。

ノアの洪水を生き残った魚は不滅あるいは再生のシンボルとも言われる。

イエスは人々の魂を信仰の網で捕らえるところから漁師とみなされ、魚は信仰ある者と見なされる。

また魚はキリストおよびキリスト教徒の印ともされるが、それはギリシャ語の魚 Ichthys が、折句すなわち「イエス・キリスト、神の子、救い主」という意味の Iesous Christos Theou Hyios Soter の頭文字を集めてできた語と解釈され、異教徒の間に暮らすキリスト教徒たちの印であったからである。

一方、魚には悪いイメージもあり、怠惰、邪悪、愚行、貪欲の表象ともなる。紋章や絵に描かれた場合、魚は一般に怠惰を表すが、二匹の魚が向きを変えて並ぶと冷淡、無関心を表し、三匹は三位一体を表す。

四旬節にキリスト教徒は肉の代わりに魚をたべるが、それは荒野で苦難したイエスを忍ぶものである。それゆえ魚は断食、改悛、苦難を表すこともある。

深層心理学では、前章で明らかなように水が無意識の深層を表したのに対して、水の底に潜む魚は意識下の自我を表すという。

これが魚に関する一般のイメージである。[*1]

ヘッセの作品に現れる魚のイメージは一部はこれと重なるが、大部分は子供の頃に熱中した魚釣りの体験から生まれたものである。姉のアデーレに宛てた一九一三年の手紙のなかで、ヘッセは「蝶の採集と魚釣りは私の人生における二つの大きな楽しみだった。そのほかのことには私はあまり夢中にはならなかった。[*2]」と書いているように、魚釣りは少年ヘッセの最大の喜びであったが、やがて成長するに従って生き物を殺すことに対する抵抗感が強くなり、蝶の採集も魚釣りも止めてしまう。蝶の採集は成人してから、ふとしたことが縁で再開するが、魚釣りのほうは生涯再開することはなかった。彼の魚に対するイメージには、この少年時代の魚釣りの体験が色濃く付きまとっているのである（蝶については第六章で詳しく述べる）。

さて、ヘッセの作品で魚に関する描写が現れて来る部分を分類してみると、はっきりと次の二つの場合に限られる。一つは「魚釣り」で、もう一つは「瀕死の魚」である。

二、魚釣り

魚釣りに関する描写は、初期の作品に限られている。しかも、正確に言えば、ほとんど『車輪の下』（一九〇六）に限られる。魚釣りは『車輪の下』の重要なモチーフなのである。

この作品は『ペーター・カーメンチント』の成功で創作に専念できるようになったヘッセが最初に書いた比較的長い作品で、彼の作品の中では最も自伝的要素が強く、マウルブロンの神学校受験と寄宿舎生活、そこからの脱走などが題材になっている。

小さな田舎町の仲買人兼代理人の息子に生まれたハンス・ギーベンラートは才能に恵まれた少年であった。彼は、母を早く亡くして父親と二人きりだが、豊かな自然の中で伸び伸びと育っていた。しかし、やがて父親や教師、牧師たちの虚栄心に煽られて、厳しい受験勉強に追い込まれる。さいわい難しい州試験に合格して神学校に入学するが、無理な試験勉強と不自然な神学校生活の結果、心身の健康を損ない、ノイローゼに罹り、郷里に送り返される。郷里で人々の冷笑を浴びながら、同級生に遅れて時計工場の工員になるが、初めての休みの日にビールを飲み過ぎて、川に落ちて死んでしまう。これがこの物語の粗筋である。

この物語では自然の中で伸び伸びと育った少年が、大人たちの虚栄心に煽られて、受験勉強の犠牲になるという現代日本にも共通する切実な問題が扱われていることは序章で既に述べたが、要するに自然の中の生活、自然と調和した人生が、たとえ平凡であっても、幸せな人生であり、価値のあるものだというのがヘッセの主張である。この物語には、無理な受験生活や大人の醜い虚栄心に対照されるものとして、美しい自然描写がしばしば見られる。この作品のなかの自然描写はみな美しいが、特に、すでに本書の冒頭で指摘したように、神学校に合格してから入学するまでの「夏休みはこうでなくてはならない。山々の彼方にはリンドウ色の碧い空があった。」で始まる第二章には夏休みの喜びが感動的に描かれている。この夏休みの喜びの中でも、孤独な少年ハンスを魅了して止まないのが魚釣りなのである。

受験勉強に追われる少年がいよいよ明日は試験だという日に、僅かに許されて川辺を散歩した時の回想場面は、回想と言ってもほんの一年前の話に過ぎないのだが、少年と魚釣りの関係を端的に表していて、まことに哀れである。

いま、どんなに度々半日あるいは丸一日をここで過ごしたか、どんなにしばしばここで泳いだり、潜ったり、漕いだり、魚釣りをしたかを思い出した。あぁ、魚釣り！　それもはやほとんど忘れてしまっていた。去年、試験のために魚釣りを禁じられたとき、彼はひどく泣いた。魚釣り！　それは長い学校生活の間で一番素晴らしいことだった。まばらな柳の木陰にたたずんだこと、堰の水車の水音が近くに聞こえたこと。深い静かな水、水面の光の戯れ、長い釣竿の柔らかなしなり。魚が食い付いて引くときの興奮。ぴちぴち跳ねる冷たいはちきれそうな魚を手にしたときの、あのなんとも言えない喜

び。(1-381)

魚釣りは、孤独ではあったが自然に恵まれてのびやかな豊かな時を過ごしていた頃の少年の最大の喜びだったのである。それはまた自然に調和した生活の象徴であり、この作品を彩る重要なモチーフである。したがって、そこに出てくる魚も、鯉、銀ウグイ、ローチ、ヤナギハヤ、ザリガニなどなかなか種類が豊富で、しかもその生態がかなり詳しく描かれている。

大気はすこし蒸し暑かった、川では絶えず黒い魚が跳ねていた。こういう晩には魚は妙に興奮していて、あちこちジグザグに走ったり、空中に跳ね上がったり、釣糸にぶつかったり、やみくもに餌に突進したりするのだった。(1-409)

『車輪の下』とほぼ同じ時期に書かれた『旋風』(Zyklon) にも、旋風の来る前の魚の動きについて正確な観察が見られる。それは次のように描かれている。

魚もまた異常な天候を感じてむら気になっていた。二、三匹のローチが最初の十五分のうちに針にかかった。美しい赤い腹ビレのある太い重い奴が、釣り上げて手に捕ろうとした瞬間に糸を切ってしまった。その直後から魚たちは不安に襲われ、ローチは深く泥のなかに潜り、餌にはもう見向きもしなくなったが。水面近くには、生まれたばかりの稚魚の群れが現れて、たえず新しい群れをなして逃げるように川上へ向かっていた。すべてが天候の急変を示していた。(1-773)

作者はここに少年時代の最高の楽しみであった魚釣りの思い出と魚の生態に関する豊富な知識を存分に披瀝している。描かれている魚の生態は少年の目の確かな観察の裏付けのあるものばかりである。

芸術家小説『ロスハルデ』(一九一四)のなかに、中年の画家が魚の絵を描いている場面がある。画家は魚の口が正しく描かれているかどうかを執事にたずねるが、執事には質問の意図が分からない。そこで画家は執事に、次のように説明する。

人間は、自分の身に起こって来ることを少年時代の初期にだけ鋭敏に新鮮に体験する。それは十三歳か十四歳までのことだ。そして、それを一生の間糧にしているのだよ。私は少年時代に魚を相手にしたことがない。それで、聞いているのだよ(2-477)。

これは作者の偽らざる感慨であろう。ただし、この画家とは違って作者ヘッセには魚釣りの体験が十分あった。この作中のこのエピソードは、逆に作家ヘッセがその幼少年期にいかに魚の生態に通じていたか、いかに自信を持って魚の生態を描いているかを示しているのである。

このように、初期の作品に出てくる魚釣りのモチーフは、自然に溶け込んだ幼少年期の至福の象徴なのである。

三、無関心

さて、先に述べた芸術家小説『ロスハルデ』には、このほかにも魚のモチーフが見られる。この作品に登場する魚は釣りの対象ではない、もっぱら画家フェラグートの絵の対象であるが、この作品のなかでも魚は象徴的な役割を果たしている。

主人公フェラグートは富と名声をえた中年の画家であるが、彼はある湖畔の古い館を手に入れて、これを改修し、ロスハルデと名付けて、そこに妻子とともに住んでいる。ピアニストでもある妻と大学生の長男、まだ幼い末子の三人に囲まれて、外見的にはまさに功なり名遂げ、幸せの絶頂にあるように見える、が実態は違っている。家庭は崩壊に瀕していて、彼は深い孤独感に悩まされているのである。

小説の冒頭に、画家が小舟で漁をする漁師の絵を描いている場面があるが、その絵の中では魚は次のように描写されている。

漁師の顔にもなんの特徴も表情も現れていなかった。ただ静かに魚をつかもうとしている彼の手だけが、仮借のない現実感に溢れていた。一匹の魚はぎらぎら光りながら舟べりを跳び越し、もう一匹はペタッと静かに横たわっていた。魚の開いた丸い口と、驚いて硬直した目は被造物の苦痛に満ちていた。(2-476)

ここに描かれている二匹の魚の姿は、画家の家庭生活を象徴的に描き出している。「一匹はぎらぎら光りながら舟べりを跳び越し、もう一匹はペタッと静かに横たわっていた。」と描かれている二匹の魚は、崩壊しかかった画家の夫婦関係をそのままに再現しているのだ。第一節でも述べたように、二匹の逆向きに並んだ魚は「冷淡」「無関心」の象徴であるが、ここに描かれた二匹の魚はまさに冷え切った画家夫婦の行く末を暗示しているのである。

妻は冷静で生真面目だが、感激というものを持ちあわさず、過ちを大目にみる余裕も、困難をユーモアで切り抜けるようなセンスにも欠けていた。画家もまた実生活においてはじつに不器用で、妻に対して彼女が持ち合わさぬものばかりを求めていた。感情の起伏の激しい画家と冷静な妻の間にあって、長男は母の味方になり、父を非難するようになっている。末子だけはまだ幼く、無邪気で、どちらにも愛され、どちらにも懐いている。画家は何度も離婚しようと考えるが、この子ゆえに離婚出来ずにいる。二人を結び付けているのはこの子だけである。家庭的不幸に耐えるため彼はひたすら芸術に打ち込むが、それがまた彼を一層孤独にしているのである。

ある日、彼は喜びも感激もないこの日常が耐え難くなって、長期の旅に出ようと決心する。しかし、新しい生活に踏み出そうと決心したまさにその時に、皮肉にも末子が重病に罹ってしまう。子供の看病の間夫婦は懸命に力を合わせる。それで離婚の危機も克服されたかに見える。しかし必死の看病の甲斐もなく末子が亡くなると、画家には自分の生活の空しさだけが一層明らかになってしまう。最後の絆まで消え失せたのを感じると、画家は残された人生を仕事に捧げようと決意してアトリエを捨ててインドへと旅立ち、妻はその場にへたりこむように残ってしまうのである。この不和はどちらの落ち度でもない、ただ情熱的な芸術家と冷静な妻という二人の相入れない性格に起因したものでしかない。「驚いて硬直した目は被造物の苦痛に満ちていた」という表現は、不和と離別が双方にとって思いがけないもの、耐え難いものであることを示している。彼らは、もはや罵り合うことはない、泣きもしないし叫びもしない、ただひたすら耐え忍ぶだけである。このように、この絵は画家夫婦のその時の状況を象徴しているが、「鳴きもしないし、涙も出さない」魚という形象は、この状況をじつに適切かつ効果的に表しているのである。

四、瀕死の魚

深い水の底に潜み、沈黙していて、釣り上げられても反撃もしないし鳴きもしない、ひたすら苦しみを耐え忍ぶ……魚がもつこの特徴的な生態は、「忍苦」を象徴するものとして、後期の作品にも登場して来る。たとえば一九二二年にかかれた『シッダルタ』にも次のような表現が見られる。

老年になっても悟り得ないゴヴィンダは、あるとき偶然に共に修行に励んだことのある幼友達のシッダルタに出会う。数十年ぶりに見たシッダルタの顔は不思議な輝きに満ちている。ゴヴィンダがシッダルタに教えを乞うと、シッダルタは自分の額に口づけをするようにと言う。そこでゴヴィンダがシッダルタの額に口づけをする。

彼の友シッダルタの顔はもう見えなかった。その代わりに他の顔が見えた、多くの顔が長い列になって、何百何千もの顔の流れがみえた。それはみな現れては消えたが、みな同時に存在するようにも見えた。すべてが絶えず変化し、新しくなったが、いずれもシッダルタの顔でもあった。魚の顔、はてしなく苦痛にみちて口を開けた鯉の顔、目の光を失しないつつある瀕死の魚の顔が見えた。(3-731)

ここにも「瀕死の魚」の姿があらわれているが、これもまた「物言えぬ自然」の苦悩の表現である。引用部の後には更に人殺しの顔、悩める男女のもつれた姿、牡豚、鰐、象、牡牛、鳥など動物の頭も見えるのだが、それらの生き物は単に名前が挙げられているに過ぎない。

魚だけが「はてしなく苦痛にみちて口を開けた」、「目の光を失しないつつある瀕死の」と具体的に写実的に描がかれている。それは少年時代に釣り上げた魚の苦悶する姿がヘッセの脳裏につよく焼き付いていたからにちがいない。ヘッセにとっては、魚はまさに最も身近で、最も直接的に訴えかけてくる「物言えぬ自然」なのである。魚は鳴きもしなければ涙も出さない、それゆえ一層哀れは深い。まさに「物言えぬ自然」の最も直接的な表現なのである。

もう一つの芸術家小説『ナルチスとゴルトムント』（一九三〇）では、この苦悩する魚の姿が更に重要なモチーフになっている。中世ヨーロッパを舞台にしたこの小説は、知と愛、聖と俗という二つの異なる世界に生きる若者の友情を通して、人間の内面にある二元の調和の試みが描かれる。

幼くして母を失ったゴルトムントは父の希望で修道院に入る。そこで彼は神につかえ精神の世界に住む若き師ナルチスに出会い、彼を尊敬し、彼の世界に憧れる。しかし、やがて自らの資質が師とは異なる世界にあることに気づき、修道院を抜け出す。さまざまの体験を重ねた後に、自らの使命が彫刻家になることにあるのを悟ると、彼はその道の修業に励む。長い間諸国を遍歴したのち、偶然、修道院長となった師ナルチスと再会して修道院に戻ると、そこで念願の聖母の像を完成させる。官能的な芸術家が、迷いと遍歴の後に精神の世界に戻って豊かな実を結ぶ……という知と愛、精神と本能、聖と俗の調和の物語である。

この物語の中でゴルトムントが彫刻家としての使命を自覚するうえに大きな役割を果たすのが母のイメージと「瀕死の魚」の姿である。母のイメージについては別の機会に譲るが、「瀕死の魚」の姿は次のように現れて来る。

彼は見た、……魚が苦しげに口を開き、金色の目を不安げにこわばらせて、静かに死を迎えるか、暴れて絶望的に死に逆らう様子を。(5–183)

ゴルトムントは魚市場の泉のそばに立って、魚屋やその女房たちを眺めていた。彼らは何の屈託もなく、わめき、笑い、騒ぎ、駄洒落を言い合って、楽しそうに商売をしている。「瀕死の魚」はこの陽気で残酷な人間の生に死を対照するものとして描かれているのである。この苦悶する魚の姿を見ると、ゴルトムントは生き物に対する深い哀れみと人間に対するつよい憤りで胸が一杯になる。なぜ人間はこんなに粗野で、愚かで、鈍感なのか、という怒りが胸に込み上げて来るのである。

なぜ彼らには、魚の口が、死ぬほど脅えている目が、荒々しくのたうっている尾が見えないのか。魚の恐ろしい無益で絶望的な戦いが、この神秘的な驚くほど美しい生き物の耐え難い変化が見えないのか、瀕死の皮膚のうえに断末魔の微かな身震いが走ると、息絶え、光を失い、長々と横たわるさまが……見えないのか。(5-183)

これは、ペーターが「語れぬ自然」から受けたメッセージとはまったく違う激しい切実なメッセージである。芸術家を志すゴルトムントの目には、この魚の姿はまさに「生きとし生けるもの」の苦悩を象徴するものと映るのである。

物語は中世ヨーロッパを舞台にしているが、この時代は激しい戦乱の時代であると同時に疫病の大流行した時代でもあった。文字どおり生と死が背中併せの時代である。作中にもペストが猛威をふるう様子が克明に描かれており、そこに見られる人間の生と死の描写にこの「瀕死の魚のモチーフ」が繰り返し現れてくるのである。

ペストはこの作品の中では言わば人間の存在意義を根底から問い直すもの、人間の生と死の究極の意味を測る秤である。その中で特に生と死が鮮やかな対照を見せるのが、二人の若い女の生と死の場面である。一人はペストの蔓延する町から救い出された美しい娘レーネで、もう一人は高慢な貴族の女アグネスである。この二人の若い女は全く別の時に、全く別の場面に登場するのだが、その生と死の場面にはともに「瀕死の魚」のモチーフが現れている。

美しいレーネの死の場面は次のように描かれている。

その（死の）光景を見ていると胸が波立った。魚市場で幾度も見て哀れに思った瀕死の魚のことが思い出された。魚たちもまさに同じように死んでいった。痙攣と皮膚の上を走るかすかな苦痛のおののきとともに、輝きと命が奪われていくのだった。（5–225）

美しいレーネの息絶える姿が、瀕死の魚の姿に移されて描かれている。生きているときは美しく活発だった若い娘のみるみるうちに衰えていく姿が、魚の死の姿にたとえられて、一層リアルなものになっている。

もう一つは高慢な貴族の女アグネスとゴルトムントとの危険な恋の場面である。そこにも瀕死の魚のイメージが現れてくる。

愛の身震いと死のおののきが彼女の目の奥にさっと流れすぎた、瀕死の魚の皮膚の上の銀色のおののきが消えるように、深い川の底で不思議な微光がにぶい金色に光るように。

（5–250）

生の絶頂とも言うべき恋の歓喜のなかにも、レーネの死の瞬間に現れたあの「瀕死の魚」のモチーフが映し出されているのである。歓喜と苦悩、この全く相反するものの上に見られる類似性は、生と死の同義性、つまりは人生における両極の一致というこの作品の根本にあるテーマをひそかに暗示しているのである。

このような人間の生と死の姿が、主人公に芸術への激しい憧れと使命感を掻き立てる。彼は、この苦悶の刹那、歓喜の瞬間、諦念の姿をいつか彫像に刻みたいとつよく念ずるようになる。

瀕死の魚のイメージは、若い娘の生と死に結び付くだけではない、主人公ゴルトムント自身の殺人の記憶とも結び付いている。彼が市場で瀕死の魚の姿を同情をもって眺め、人間に対する不快感を覚えながら、市場の人々のことを考えていると、きまって放浪の学生ヴィクトルのことが思い出されるのである。

太母（Urmutter）にとってはすべては同じであった。万物の上に彼女の不気味な微笑は月のようにかかっていた。彼女にとっては、憂鬱に物思いに沈んでいるゴルトムントも魚市場の敷石の上で死にかかっている鯉と同じように愛しく、気位高く冷たい処女リースベトも、かつて彼の金貨を盗もうとしたヴィクトルの森の中に散らばった骨と同様に愛しいものであった。（5–186）

彼は放浪の学生ヴィクトルとしばらく旅を共にしたが、金貨一枚のことで争い、打ち殺して、その死骸を野ざらしにしてしまったのである。

このように、瀕死の魚は常に人間の生と死を浮き彫りにするときに繰り返されるモチーフであり、中世ヨーロッパという生と死が背中併せになっていた時代を背景にしたこの物語には、欠くことの出来ない重要なモチーフなのである。

魚は、この他にも人間の貪欲、無知、鈍感を表す際にも現れて来る。

　この肥満した市民どもは、何と怠惰で、贅沢で、意地汚いことか、彼らのために日々非常に多くの豚や子牛が屠畜され、非常に多くの美しい哀れな魚が川から引き上げられるのだ。(5-194)

「美しい哀れな」という形容詞が魚にだけ付されていることからも明らかなように、この作品では、瀕死の魚は「生きとし生けるもの」の苦悩の象徴なのである。それが生と死、人生の苦悩と無常、人間の非情、無知、傲慢、不遜を描き出す重要な比喩表現となっていることが、以上の例で明らかであろう。

この作品には、魚のモチーフとは直接関係ないが、注目すべき場面が登場する。それはユダヤ人迫害の場面である。「ある町でゴルトムントはユダヤ人街が軒並み燃えているのを見て怒りで胸が一杯になった。それを取り囲んで人々が大声で叫んでいた。泣き喚きながら逃げ惑う人々が武器で火の中へ追い返された。不安と憤激に血迷って、至るところで罪のない者が打ち殺され、焼き殺され、拷問にかけられた(5−226)」。この作品が書かれたのは一九三〇年であるから、ナチスによるユダヤ人迫害が始まるのはまだ数年先のことであるが、この作品にナチスによるユダヤ人虐殺を思わせる描写がすでに予言のように書かれているのが注目される。この場面も、この作品の「生と死が背中合わせになっていた時代」の描写に確たるリアリティを与えているのである。

さて、これらの魚のイメージを第一節で紹介した魚の一般的なイメージと比較してみると、ヘッセの魚の表現は、『ロスハルデ』にみた夫婦間の不和を表した例を除くと、ほとんどが苦悶する「瀕死の魚」の姿のみである。夫婦の不和は「無関心」「冷淡」という魚の一般のイメージと一致するが、この「忍苦」とでも呼ぶべき、声も挙げず、苦悶し、死んでいく魚のイメージはヘッセ独自のものと言ってよかろう。章のはじめにも紹介したように、四世紀頃にはイエスは魚で象徴されていたから、この「瀕死の魚」の姿も伝統的なものと考えられなくもないが、筆者はこれをヘッセ独自のモチーフだと考える。それは、このモチーフを生みだしたのは、彼の脳裏に刻み付けられていた少年時代に釣り上げた魚の無言で苦悶し死んでいった姿であったにちがいない、二度と魚釣りをしなかったのもそこに原因がある、と確信するからである。

[註]

＊1　Hans Biedermann : Knaurs Lexikon der Symbole. Droemer Knaur. 1989. S.142.

＊2　Michael Volker : Nachwort. Hermann Hesse : Schmetterlinge. S.97.

第四章　鳥

鳥は卵から出ようと戦っている。卵は世界だ。生まれ出ようとするものは、ひとつの世界を破壊せねばならない。鳥は神に向かって飛ぶ。神の名はアプラクサスと言う。

一、鳥のイメージ

魚と対照的なものとして登場して来るのが鳥である。魚が深みに潜んで、沈黙し、捕えられても反撃することもなく、ひたすら耐える存在であるのに対して（勿論鮫や鱶あるいは猛魚ダツなどの例外はあり、ヘッセの比喩の中にもダツは現れて来るが）、鳥は自由な、明るい、歓喜に満ち溢れた存在である。

美しく鳴き囀る鳥は、古来、自由、歓喜、憧れのシンボルとされてきた。可憐な小鳥や鳩は平和のシンボルとして、物語とくに神話や伝説、あるいは童話などに数多く登場している。鳥は天空を自由に飛び回るところから、地上の物質的なものと対照的なもの、すなわち精神、想念、霊魂などを表す。また魂の転生をも象徴する。

キリスト教では天上からの使者は翼をもつ天使や鳩で示されている。

小動物に襲いかかる猛禽の場合は英雄として崇められ、英雄の守護神として神に祭られ、恐怖の対象ともなる。これが鳥の一般的イメージである。*1

ヘッセの場合にも、鳥は数多くの作品にさまざまな形で登場している。前章で見たように、ヘッセの作品では魚は主人公によって同情され、哀れみを注がれる存在であるのに対して、鳥は主として憧れの対象である。空高く飛翔する鳥はまた昇天する魂の形象ともなっている。第一次大戦中に書かれたメルヒェンの中では、大きな黒い鳥が死ならびに凶兆を象徴し不気味な効果をあげている。

それらの中から幾つか例を挙げてみる。まず、わが国でも教科書に採用されたことのある『子ども時代から』(Aus Kinderzeiten) である。

二、自由への憧れ

この物語は短いものであるが二重の回想から成り立っている。春の訪れとともに蘇って来る思い出、これが第一の回想である。この思い出の中に第二の回想が挿入されている。それは以前はよく遊んだが、その後全く交際が途絶え、すっかり忘れてしまっていた友人の思い出である。この第二の回想は友人の短い生と死を描くものであるが、その短い回想の中に十カ所も鳥にかかわる表現が見られるのである。そのうちの幾つかは、さしたる意味のないもの、いわば風景のなかの一要素に過ぎないが、大部分は重要な意味をもつものである。その中から特に印象的なものを取り上げてみる。

物語は春の訪れを告げる美しい自然描写から始まる。

遠くの褐色の森がほんの数日前から微かに新緑の明るい輝きを帯びて来た。……花が突然至るところで咲き、樹木が明るい葉や泡のような白い花を付けて輝き、鳥たちが歓声をあげながら美しい弧を描いて暖かな青空を飛び交う。(1-582)

この毎年巡ってくる明るい春の訪れ、ここに登場する鳥は言うまでもなく「歓喜」のシンボルであるが、この春の訪れは主人公に子どもの頃のある春の日のことを思い出させる。こうして第一の回想部に入るが、この回想への導入はまことに印象的である。

回想は暗い夜の情景から始まる。寝室には鎧戸が降りており、主人公は暗がりでうつらうつらしている。その薄暗い世界に急に鍵穴を通して光が差し込んでくる。それは父が寝室に入ったことを示すものだが、それとともに父母の会話が聞こえてくる。父が母に隣家の少年が重い病気であることを告げると、間もなく隣室の明かりは消え、あたりは暗くなる。あたりは暗くなるが、少年の記憶の闇の中にはちょうど鍵穴から光が射してきたように隣家の少年と遊んだ思い出の日々が徐々に蘇って来るのである。思い出は次々と続いて来る、それは主としてこの薄幸の友人の人柄を示すものであるが、その思い出の中に頻繁に「鳥」が現れるのである。

まず友人の飼っていたカラスの話題が登場する。カラスは賢明な鳥で神聖視もされるが、洋の東西を問わず予兆の鳥とされ、死の予兆となることが多い。（カラスという日本語に相当するドイツ語には、Krähe（烏）、Rabe（大鴉）、Dohle（コクマルカラス）があるが、このカラスはRabeである。[*1]）友人の飼っていたヤコブと呼ばれたこのカラスは、穫れたてのジャガ芋を食べ過ぎてあっけなく死んでしまう。子供たちでカラスの葬式を行うことになるが、式の途中で友人は感極まって泣き出してしまう。これを見ると、まだ幼い主人公の弟は笑い出してしまう。それで友人が怒って弟を殴り、子供たちは仲たがいをしてしまう。しかし、やがて友人の母親の助けで子供たちは仲直りをする、という短いエピソードであるが、この短いエピソードの中にも、友人の生き物に対する愛情がじつによくあらわれているのである。彼は自らの薄命を予感しているかのように、〈生きとし生けるもの〉に対する深い愛情に溢れている。主人公が戯れにカラスに「ヤコブ、嚙め！」と命じて、カラスが嚙んだことがあるが、そのとき主人公がひどく腹をたてカラスを打とうすると、友人は病弱の身体を呈してカラスを守る。その姿勢の中にも彼の生き物に対する深い愛情が窺えるのである。

また、或るとき、鷹が納屋から逃げ出した時にも（この鷹はTurmfalkeで日本では隼科の長元坊と呼ばれる小型の鷹である)、主人公はほとんど息もできないほど興奮して、ただ呆然と羽ばたく美しい鳥を見詰めるだけで、鷹がつかまった方がいいのか、逃げたほうがいいのかさえ分からないが、友人は、鷹がゆっくりと誇らしげに大きい輪を描いてだんだんに空高く舞い上がり、雲雀のように小さくなり、きらめく空に静かに消えて行くのを見ると、うれしそうに高く跳び上がって、鳥に向かって叫ぶ。

飛べ、飛べ、さあ、お前はまた自由になったんだぞ！(1-589)

この短い叫び声の中にも束縛を脱して自由を得たものに対する抑え難い共感が溢れている。少年は病弱なために活発な活動を絶えず抑えられていたのであろうか、鷹に向かって投げかけられたこの叫び声のなかには、外に向かって大きく羽ばたきたいという少年の無意識の憧れが痛切に込められているのである。少年の生き物への愛情は、病室を飛び回る冬の蠅にたいしても等しく注がれるものだが、とくに鳥に対する共感が強い。そこには病苦にとらわれた者の自由への切実な憧れとやがて来る青年期への飛躍に対する無意識の期待が盛り込まれているからである。

物語の終わりちかくに、主人公が病床の友人を見舞う場面がある。主人公は、友人の言葉の中にすでにいつもと違う大人びた響きがあり、自分との間にはすでに厳粛な隔たりがあるのを感じながら立ち去るのだが、その帰り道での体験はさらに象徴的である。

ふいに私の目の前に一羽の黒い鳥が浮かび、宙返りをして、ばたばたと羽ばたくと、突然ながく甲高いトリルを響かせると、きらきら光って、空高く飛び去った。私の心は驚嘆しながら一緒に飛んだ。(1-600)

これは友人ブロージー(1)の魂が昇天したことを暗示する。この鳥は主人公の眼前で一瞬止まり、宙返りをうって空高く飛び去る、あたかも別れを告げに来たかのように。だが、この場面の眼目はそこではない。これに続く「私の心は驚嘆しながら一緒に飛んだ」にあるのだ。友人の死という厳粛なものを体験しながらも、少年の心は鳥とともに空高く飛翔する。辛いことではあるが、友人ブロージーも病苦から解放され、自由を得、転生したのだ。その転生したブロージーの魂と主人公は共に飛翔したのである。鳥はまさに少年たちの自由への憧れ、未知のもの、やがて来る青年期への憧れを表現しているのである。

このほかにも鳥はこの作品の中では多様な役割を演じている。先に引用した冒頭の部分の「鳥たちが歓声をあげながら美しい弧を描いて暖かな青空を飛び交う」に見られるように、鳥は再び巡ってきた春の喜びを表現したり、「鶏の雛が生まれ、そのうち三羽が死んだ(1-593)」という表現に見られるように、自然界における〈生と死〉の厳しい現実を浮き彫りにしたりして、少年の死とその転生をめぐるこの物語に豊かな彩りを与えているのである。これらの鳥のイメージは鳥の一般的イメージに変わるところはないが、作品のテーマと合致してみごとな効果を上げているのである。

三、ハイタカの誕生

鳥のイメージの中で最も魅力的な比喩として描かれているのは、『デーミアン』の中のハイタカであろう。この物語の中では「ハイタカの誕生」が最も重要なモチーフになっている。ハイタカ（鷂）は、ワシタカ目のワシタカ科の鳥で、わが国では雌は「ハイタカ」、雄は小形で「コノリ」と呼ばれ、鷹狩りに用いられた小形の鷹である。この物語は少年ジンクレールの魂の成長物語であるが、少年の精神が成長し大きく羽ばたく様子がハイタカという猛禽のもつ逞しいイメージによってみごとに写し出されているのである。

物語は明と暗、善と悪という二つの世界の対立からはじまる。明るい世界とは、清潔で信仰心に溢れた両親を中心とした世界であり、暗い世界とは酔っ払い、強盗、殺人、自殺事件などが属する世界であるが、じつはこの暗い世界はすでに両親の家の中から始まっているのである。そこには女中や丁稚がいて、醜聞や卑猥な話や奇怪な話があった。

明るい世界に育った主人公ジンクレールは、やがて思春期を迎えると、暗い世界が自分自身の中にも存在することに気付いて悩むようになるが、湧き上がってくるさまざまの悩みを、友人デーミアンとデーミアンの母エヴァ夫人の導きで克服し、次第に自分の使命に目覚めていくのである。この作品も『ペーター・カーメンチント』と同様に自己実現の物語つまり教養小説であるが、その中で鳥は主人公の魂の成長を象徴するとともに、ジンクレールとデーミアンを結び付ける大切な役割を演じている。

このシンボルがどのように現れて来るか、どのような役割を演じているか、物語の順を追って見ていこう。

悪童クレーマーの悪巧みにはまって苦しんでいた十歳のジンクレールを救ってくれたデーミアンは、昔は修道院であったジンクレールの家の門にある紋章に興味を示す。それはアーチ型の門のうえに要石としてついていたものだが、時の経つにつれて平らになり、幾度も塗り潰されてはっきりしなくなっている。デーミアンは、それがハイタカであることを指摘する。ここで初めてハイタカが登場するが、この紋章の鳥のエピソードは後の物語の展開の伏線になっている。すなわち、この紋章の鳥が数年後分かれていた二人をふたたび結び付けるきっかけになるのである。

ジンクレールはクレーマーから解放された喜びから平和な家庭の幸せの中に埋没し、デーミアンのことはすっかり忘れてしまう。やがて思春期が訪れ、性の目覚めや自我の確立などに伴うさまざまな苦悩を体験するようになると、ある日彼は夢を見る。その夢の中にこの紋章の鳥ハイタカが現れるのである。

その夜私はデーミアンと紋章の夢を見た。紋章は絶えず変化した。デーミアンは紋章を両手に持っていた。それはしばしば小さく灰色になったり、とても大きく多彩になったりしたが、おなじものだと彼は私に説明した。しかし最後に彼はその紋章を食えと私に強要した。それを飲み込むと、飲み込まれた紋章の鳥が私の中で生きていて、私の中でふくれあがり、中から私を食い始めるのを感じて驚愕した。死ぬほどの恐怖を感じて、私は跳び上がり、目を覚ました。(3-182)

「紋章の鳥を食う」とは、古い価値観、すなわち敬虔なキリスト教徒の両親のもとで形成されてきた古い人間観を捨てて、新しい人間観を受け入れていくことを意味する。それがキリスト教の善悪二元論的人間観を越えようという試みであることが物語の展開のなかで徐々に明らかになっていく。ジンクレールは夢の鳥を絵に描く。もはや定かでなくなった紋章の鳥を思い出しながら気の向くままに描き続けると、無意識の筆の動きの中から生まれ出て来たのは鋭い猛禽の姿であった。

それは、鋭い精悍なハイタカの頭をした猛禽であった。それは体の半分を暗い地球の中に隠して、そこからまるで巨大な卵から出ようとするかのように抜け出ようとしていた。(3-183)

この絵を友人の昔の住所に送ると、不思議な方法で返事が届く。返事は読みさしの書物のページに挿まれていたのである。手紙には宛名も署名もなく、ただ次のように書かれていただけである。

　鳥は卵から出ようと戦っている。卵は世界だ。生まれ出ようとするものは、ひとつの世界を破壊せねばならない。鳥は神に向かって飛ぶ。神の名はアプラクサスと言う。

(3-185)

いかなるものも新たに成長を遂げようとするときには、古い殻を打ち破っていかなくてはならない。それは感激と共につねに激しい苦痛を伴うものである。この短い手紙の中には、性の目覚め、自我の確立という少年から青年へと成長していく過程でだれもが体験する精神の昂揚と苦悩とがはっきりと読み取れる。アプラクサスとはグノーシス主義に起源をもつ神で、善悪両面を具有する。*3 ヘッセはこのアプラクサスを「善悪を越えたもの」の象徴として作品の中にみごとに生かしている。明暗両世界を一つに統べる神のもとへ飛ぶこの鳥は、極めてロマンチックに描かれているが、紛れもなく新しく生まれ変わろうとする主人公の魂の象徴である。

　やがて、主人公ジンクレールはこの不思議な絵の導きで、デーミアンに再会し、さらに永年の憧れであったデーミアンの母エヴァ夫人に出会うことになる。エヴァ夫人と出会うと、彼は初対面にもかかわらず、懐かしい故郷に帰りついたような魂の平安を感ずる。それはしばしば指摘されるように、デーミアン（Demian）とは人間の魂の中に潜むデーモン（Dämon）のことであり、エヴァとは人類の母イヴのことであり、また、人間の中に存在する集合無意識（Kollektives Unbewußtes）のことでもあるからである。

物語の終わり近く、主人公ジンクレールがエヴァ夫人に出会ってまもなく、突然戦争が始まる。この戦争の予兆が雲のなかに現れることは、第一章の雲の部で指摘した通りであるが、雲に現れた予兆はハイタカの姿をしていた。「ハイタカの誕生」は主人公の魂が飛躍的に成長を見せるときに現れたが、ここでは個人の運命を越えて、世界の運命をも予告するものとして現れて来るのである。

　下のほうはほとんど風がなかったが、上空は荒れ狂っているようだった、時折、数瞬の間、鋼のような灰色の雲の間から太陽が蒼白くギラギラと輝いた。そのとき空を薄い黄色の雲がながれてきて、灰色の壁にせき止められた。すると風がほんの数秒間黄色と青色から一つの像を形作った。それは巨大な鳥であった。鳥は青い混沌から抜け出ると、大きく羽ばたいて天空の中に消えてしまった。（3-245）

この雲の中に一瞬現れて天空の中に消えてしまった巨大な鳥の出現は、新しい世界の誕生を予告する。主人公ジンクレールの魂のシンボルであった「ハイタカの誕生」が、ここで初めて、世界全体の再生のシンボルともなるわけである。世界もここで新しく生まれ変わる為の苦悩を戦争という形で体験するのである。

序章でも述べたが、第一次世界大戦というヨーロッパ世界未曾有の大変動に際して、ヘッセは開戦当初志願したが、やがて戦争の実態が明らかになると戦争に反対した。しかし、大戦末期には、戦争を世界が新しく生まれ変わるための契機と位置付けるようになっていたことが、この作品からは窺える。それは決して戦争を肯定するものではない。戦争という現実を受け止め、その体験を戦後の理想世界構築の糧としようと試みているのである。この作品が大戦直後の一九一九年に出版されると、若い世代に熱狂的に受け入れられたのは、まさにこの新しい世界の誕生を告げる予言的な表現によるのである。「ハイタカの誕生」はここではもはや個人の「新生」を越えて「世界の新生」のシンボルとなっているのである。ハイタカはさらに火の中にも現れるが、これについては第八章で述べる。

四、黒い鳥

第一次大戦中に書かれた他の作品にも鳥は幾つか現れてくる。そのなかでは『別の星から奇妙な便り』（一九一五）と『辛い道』（一九一七）と題する二つのメルヒェンにあらわれる黒い大きな鳥が、いずれも死もしくは凶兆を象徴して不気味な効果をあげている。

まず『別の星から奇妙な便り』から考察していきたい。これは未来の世界から現代を振り返って見た物語あるいは別の星から第一次大戦当時の地球を見た物語である。

平和で美しい理想郷のようなある星の南部の州に恐ろしい不幸が起こる。それは暴風と雷雨と洪水と地震が、一時におこるという大災害であった。野も畑も森もことごとく荒れ果て、人畜にも甚大な被害が出た。村人たちは悲嘆にくれるが、最も悲しむべきことは死者を弔う花が無いことであった。首都の王に援助を求めることになり、一人の若者が使者に選ばれる。彼は直ちに馬に乗り、王のもとへと出発する。途中、日も暮れようとする頃、山越えをすることになるが、そこで見たことも無い大きな黒い鳥に出会う。この鳥の跡をつけて行くと小さな神殿に辿りつく。神殿にはこの地方には見られない奇妙な黒い岩の塊が置かれていた。

生贄の石としてこのあたりには見られない黒い岩の塊がそなえられていた、それはこの使者も知らない神の異様な象徴、猛禽が心臓を食らっている像であった。(M-110)

「猛禽につつかれる心臓」、それがこの神殿の神の像であった。若者はこのプロメテウスの劫罰を思わせるような神像の安置された神殿で一夜を明かすことになるが、神殿のなかには妙な重苦しい雰囲気がたちこめている。神像が不気味に光り、屋根の上で異様な鳥が時々羽ばたくと、木立が嵐のようにざわめくので、若者はなかなか寝付けない。若者が外に出てみると、黒い鳥が話し掛けてくる。鳥は道案内を申し出る。そこで若者が黒い鳥の背中に乗ると、鳥は暗黒の虚空を一晩中飛びつづけ、朝日に輝く平原に若者を降ろす。――ここまでは、いわばメルヒェンの定型ともいうべきスタイルで物語は展開されるのだが、この後の描写はおよそメルヒェンとはかけ離れたものである――若者が連れてこられた所は荒涼とした平原で、キリングフィールドさながらに家屋は破壊され、家具が散乱し、至るところに死者が累々と横たわっていたのである。

死者は顔さえ覆われず、鳥につつかれ、腐りかけ、もはや半ば崩れているように見えた。(M-112)

若者は緑の枝と数本の花を手折り、死者の顔を覆ったが、行く先々に死体が転がり、カラスが群がっていて手の施しようがない。ただ一人生き残った農夫の話で、ここで激しい戦闘があったことが明らかになる。農夫の導きで若者はこの星の王を訪ねる。王は厳粛だが、ひどく痛々しく、悲しそうであった。「何故戦争をするのか」という若者の問いに対して、王は次のように苦しい立場を訴える。

おまえは未だ子供だ。これはおまえには分からないことだ。戦争というものは誰の罪でもない。戦争は暴風や稲妻のようにひとりでにやってくるのだ。戦闘をしなくてはな

らない我々も戦争の張本人ではなく、その犠牲者に過ぎないのだ。(M-117)

しかし、戦争も殺人も既に過去のものとなり、もはやそこには絶望すら存在しない理想郷からきたこの若者には、これはとても理解できることではない。彼はこの星の人々を「取り残された者、平和に見放された遅れた星の末裔だ(M-118)」と哀れんで立ち去るのだが、この「遅れた星」こそ一九一五年の地球の姿なのである。

若者は森のはずれでふたたび黒い鳥に会い、その背に乗る。すると目覚めた時にはあの山中の小さな神殿に戻っている。彼は急いで馬を走らせ、首都の王のもとに行く。話を聞いた王は快く国中の花を集めて持たせてくれる。それで故郷の町の人々は、やっと死者の弔いを済ますことが出来たのである。さて、若者は見事に任務を果たし、人々の賞賛をうけたが、あの山中の神殿や戦場と化した国のことが頭から離れない。現実なのか夢だったのか。彼は長老の薦めで、神殿に花と蜜と歌を捧げようと訪ねるが、神殿はどこにも見あたらない。すべては一夜の夢だったのである。

邯鄲の夢を思わせるメルヒェンであるが、戦場と化した国のリアルな描写と、戦争責任という重いテーマをもった作品である。この王の答えには、第一次大戦勃発後一年を経た一九一五年当時のヘッセの戦争観が覗えて興味深い。ヘッセは今日反戦平和主義者として知られているが、ヘッセも初めから反戦主義者であったわけではない。第一次大戦勃発時には、ドイツ国民としての義務を果たすべく、志願さえしているのである。ヘッセが戦争に反対したのは、戦争の現実とナショナリズムの狂気を目の当たりにしてからである。しかも彼が訴えたのは、背後から戦争を煽り立てる知識人、作家、文化人に対してであって、直接戦闘をしている兵士達に対してではなかった。この異国の王の「戦闘しなくてはならない我々も戦争の張本人ではなく、その犠牲者に過ぎないのだ」という言葉は、まさに戦争に追いこまれた人々の嘆きを代表しているのである。

花を求めて旅する若者と道案内をする鳥。これはメルヒェンの定型といってよいもので、目新しさはない。しかし、戦争のさなかに書かれたこの作品では、この黒い鳥が一種異様な雰囲気を生み出して不気味な効果をあげている。この黒い鳥は「今まで見たことの無いような巨大な」(M-112)と形容されているだけで具体的な名前は挙げられていないが、その飛行が「梟の飛行のように音も無く、なめらかに」(M-112)と形容されているところからも分かるように、梟(Eule)がイメージされている。梟の一般的なイメージは死、暗黒、悪い知らせ、悪魔の象徴(キリスト教)である。インドでも死の神。エジプトでは夜と死。(ただし、ギリシャ・ローマ、北米インディアンにとっては知恵のシンボルである。)したがってヘッセのこの作品の黒い鳥も、一般のイメージに変わるところはないが、この作品が書かれた一九一五年という時代背景を考えると、たとえばこの戦争ではじめて飛行機が登場したことなどを考えると、この巨大な黒い鳥は冥府の使いとしてリアリティのある不気味な効果をあげていると言えるのである。また、山中の神殿で心臓を啄ばむ鳥は、野鳥 (ein wilder Vogel) としか書かれていないが、これも梟のイメージにつながる悪魔の象徴であろう。この作品に現れる鳥はこのように一般的なイメージと変わらないが、若者を運ぶ黒い鳥も心臓を啄ばむ猛禽も、腐肉をあさるカラスも、第一次大戦を背景として書かれたこのメルヒェンのなかでは、不気味なリアリティを持っているのである。

序章でも書いたように、ヘッセは一九一四年十一月に戦争に反対して『おお友よ、そのような調子でなく！』を書いたが、その意図は当時のナショナリズムの狂気の中では理解されなかった。このメルヒェンはその半年後に書かれたものであるが、直接的な表現ではなかなか理解されないものもこのようなメルヒェンの形で表現されると直接的表現とは異なる説得力のあるものになっていると言えるのではないか。

さらに二年後、戦争が膠着状態にあった一九一七年に書かれた『辛い道』のなかにも同じように黒い鳥が登場する。

この作品はまるで悪夢でも見ているような奇妙な雰囲気の漂う物語である。主人公は何を求めているのか、どこへ向かうのかも分からぬままに険しい峡谷を奇妙な山頂に向かって登っていく。すると、その荒涼とした山頂で黒い鳥が嗄れた声で歌っている。

鳥は歌っていた。その嗄れ声はエーヴィヒカイト、エーヴィヒカイト！と歌っていた。黒水晶のようにぴかぴか光る厳しい眼はわたしたちを見つめていた。その目付きは耐え難く、その歌はなお耐え難かった。何より恐ろしいのはこの場所の孤独と空虚、それと荒涼とした天空の目のくらむ広さであった。死こそ無上の歓喜であり、留まることは何とも言えぬ苦痛であった。何かが起こらねばならなかった。直ちに、今すぐに。さもなければ私達も世界も恐怖のあまり石と化してしまうだろう。(3-326)

その鳴き声のエーヴィヒカイト (Ewigkeit) であるが、これは永遠、永久という意味である。わが国でも鶯の鳴き声を「法法華経」と聞いて鶯を尊ぶように、鳥の鳴き声の中に意味を見出すことは西欧でも珍しいことではないから、[*4]永遠と訳してもよいが、ただ、日本語の永遠、永久という言葉にはプラスのイメージが強い。この場合は、戦いの跡のような荒涼とした不毛の世界が果てしなく続く恐怖を黒い鳥は告げているのだから、永遠よりは、「永劫」という訳語のほうが適当であろう。その意味ではエーヴィヒカイトをさらに意訳して、エーゴーカイキと訳したい。ニーチェの言う永劫回帰。[*5]そのほうが語呂からも内容からもふさわしいのではないか。まさに、懲りることなく果てしなく繰り返される戦争という愚行とそのもたらす荒廃と虚無への恐怖をこの黒い鳥は告げ知らせているからである。

五、古き善きもの

第一次大戦後の作品にも鳥は頻繁に現れてくる。大戦終結後三年経って書かれ、印度の詩と副題の付けられた『シッダルタ』に登場する鳥は、大戦時に書かれた作品に現れた鳥のような不気味な迫力はもはや見られないが、それぞれ魅力的なシンボルとして登場する。

『シッダルタ』という題から判断して、この作品は仏伝と考えられがちだが、これは仏伝ではない。仏陀と同時代に生きたバラモンの子シッダルタの求道の物語である。

この物語で鳥は二度違った場面に登場しているが、いずれも主人公シッダルタの魂を象徴するものと言ってよい。最初は、バラモンである父のもとを去ったシッダルタが沙門のもとで修行している場面である。

一羽の青鷺が竹林の上を飛んだ――するとシッダルタは青鷺を魂の中に受け入れ、森や山を越え、青鷺となり、魚を食い、青鷺の飢えを餓え、青鷺の鳴き声を鳴き、青鷺の死を死んだ。(3-627)

前節の『子ども時代から』の最後の部分、黒い鳥と共に少年の心が空高く飛翔する場面を思い出させるが、これはシッダルタの修行が進んで、意識を意のままに対象の中に移入できるようになっていることを示す表現である。ヘッセはこの表現が非常に気に入っているようでメルヒェン『詩人』の中でも似た表現を繰り返している。
シッダルタの修行はかなり進んだわけであるが、彼はこの段階に満足できない。このような修行では人生の真の意味は捉え得ないことを悟ると、彼は沙門の道を捨てて町に出る。還俗した彼は沙門の生活とは対照的な生活をしている者たちの世界に没入する。まず娼婦のカマラにほれ込み彼女から愛の秘術を学び、次に商人カワスワミから金儲けを学ぶ。彼はそこで愛欲に溺れ、金や賭博の魔力に取り付かれ、徐々に精神的なものを失っていく。その様子が鳥に譬えられるのである。娼婦カマラは珍しい小さな歌い鳥（Singvogel）を飼っているが、あるときシッダルタはこの鳥の夢を見る。それは次のような夢である。

いつも朝歌うこの鳥が歌わなくなっていた。気になって、そばに寄り、籠の中を覗いて見ると、鳥は死んで固くなって底に横たわっていた。彼は小鳥を取り出し、ちょっと掌に乗せ揺り動かしたが、道に投げ捨ててしまった。その瞬間に彼は恐ろしく仰天した。あたかも死んだ鳥といっしょにあらゆる価値あるもの、善きものを投げ捨ててしまったかのように胸が痛んだ。（3-678）

この小鳥に象徴されるものが、シッダルタがバラモンであった父の家で学び、沙門のもとで学び、長年にわたって大切に育んで来た精神的なものであることは言うまでもない。この鳥の夢は、彼が俗世の穢れの中で知らず知らずのうちにこの精神的なものを喪失してしまったことを告げている。自堕落な生活の恐ろしさを悟ったシッダルタは忽然とカマラのもとから姿を消すが、それを知ったカマラは飼っていた籠の小鳥を放してやる。カマラにとっても、この鳥は精神的なものの象徴だったのである。

再び放浪の旅に出たシッダルタは、かつて渡ったことのある大きな川のほとりに出る。そこでかつて彼を対岸に渡してくれた老いた渡し守が迎えてくれる。［この部分は第二章ですでに述べたから詳しくは述べないが］そこで彼は川のほとりで渡し守の手伝いをし、川の声を聞き、隠者のような生活をする。するとやがて彼の胸のうちに再び小鳥の歌うのが聞こえるようになってくる。

彼の中の鳥は死んだのではなかったか、鳥の死を感じたのではなかったか。否、死んだのは何か別のものだった。長い間彼が消滅を望んでいたものだったのだ。(3-691)

心の中の鳥は死んではいなかった、死んだのは彼が滅却することを念じていた我執とでも言うべきものだったのである。この鳥とは主人公シッダルタの中にある精神的なもの、本性のようなもの、仏教でいえば仏性とでも言うべきものであろう。それは、曇って見えないこともあるが、はっきり見えてくることもある、人により時によって違いはあるが、決して失われることのない人間の心の中に存在する可能性としての仏である。*5 それが小鳥という適切な比喩形象を得て、聖者伝風のこの作品にふさわしい魅力的な表現を生み出しているのである。

さて、大戦後十余年を経た一九三二年に書かれたメルヒェン『鳥』のなかの鳥もメルヒェンに相応しい形象である。この作品では、かつてその地方に生息していたと言われる名前も姿も定かでない珍しい鳥によって、いまは失われた「古き善きもの」が象徴的に表現されているのである。

鳥は昔モンタークスドルフ地方に住んでいた。その鳥はとくに色鮮やかでもなく、とくに美しく歌うわけでも大きくて立派だというわけでもなかった。それを見たことのある者は、小さいと言う、ごく小さいと言う。実際美しくなく、むしろ奇妙な風変わりなものだったが、まさしく、どんな種にも属にも属さない動物類がもっている奇妙なところ、素晴らしいところがあった。(4-538)

モンタークスドルフ (Montagsdorf)、Montag とは月曜、Dorf とは村のことであり、直訳すれば月曜村ということになる。これはヘッセの住んでいたモンタニョーラ (Montagnola) を振ったものであろうが（nolaとはラテン語で田舎の村のことである）、要するにどこにもないがどこにもあるような村のことである。この鳥は、この村とこの地方の宝であり象徴であるが、今では誰もその姿を見た者はいない。ある時、村長のもとに枢密顧問官から一通の書類がくる。それは、文部省の支援のもとに枢密顧問官リュッケンシュテットがその鳥を研究している、鳥を生け捕りにした者には千ドカーテン、死んだ鳥を持参した者には百ドカーテンの報酬をあたえる、というお触れであった。そこで村人たちの間に騒ぎがおこる。その騒ぎの最中に鳥は一度だけ姿を見せるが、それ以来鳥の姿は二度と見られなくなり、この鳥は「伝説」となったのである。作者はこのメルヒェンをつぎのように締めくくっている。

もし後の時代に、学者がまたこの伝説を研究するようなことがあれば、もしかするとこれらすべては民族的空想の産物と指摘され、神話形成の法則からひとつひとつ解明されることになるかもしれない。なぜなら我々の営む生活より美しく、自由で、活気に満ちた生活を思い出させるが故に、他のものから特別なもの、愛らしいもの、優雅なものと思われ、多くのものから善き霊として崇められるものが、どこにもつねに存在することは否定できないからである。そしてそういう場合、どこでも同じようなことが起こるのである。孫たちにより父祖の善き霊は笑いものにされ、ある日美しく優雅なものが狩りたてられ、殺され、その頭部か剝製に賞金がかけられる、そしてしばらくすると、そ

の存在が伝説になり鳥の翼をもって遠くへ飛ぶのである。（4-556〜7）

この鳥は、ラジオ、電話、自動車、列車など科学技術の急激な発達により、長年培われてきた地域に固有の文化、言語、慣習などが急速に過去の遺物と化していくさまを象徴している。価値観が変化し、地域性や独自性が急速に失われていくこの時代の雰囲気をみごとに映しているのである。この作品の書かれたのは、ナチスが議会で第一党になった一九三二年のことである。第一次大戦後の混乱から復興する間もなく、ドイツはふたたび世界大戦への道を突き進む。まさにヨーロッパ世界未曾有の激動の時代である。この激動の時代に長年培われてきた「古き善きもの」が失われていく過程が、「鳥」というシンボルを得て一編の魅力あるメルヒェンを生み出しているのである。

後年ヘッセは神話学者のカール・ケレーニイ（ケレーニイは神話の本質と根源を研究した）と親交を結ぶが、このメルヒェンはケレーニイとの交際の始まる十余年前に書かれているので、ケレーニイからの直接的影響は考えられないが、ヘッセの神話・伝説に対する関心の深さがうかがえる佳品である。

以上のように、ヘッセの作品に現れる鳥は、鳥のもつ一般的イメージを越えることはないが、それぞれ――少年の夢と憧れと転生を描いた『少年の日の思い出』の中の鳥も、大戦時の不気味な雰囲気を反映した黒い巨大な鳥も、大戦後の失われつつある古き善きものを象徴する珍鳥も——、そのシチュエーションに適合して魅力的な表現を生み出している。とくに『デーミアン』の場合はハイタカという猛禽のイメージが、少年の魂の成長と新しい世界の誕生という個人的現象と社会的現象を同時に結び付けるシンボルとして効果的な役割を果たしており、最も成功した例であると言えよう。

[註]

＊1 Hans Biedermann : Knauers Lexikon der Symbole. Droemer Knauer. 1989. S.463.

＊2 一般にカラスには凶鳥のイメージが強いが、ヘッセの場合はそのイメージにはとらわれていない。たとえば『カラス』（一九五一）に於いては、チューリヒ郊外の湯治場バーデン温泉の湖畔に群れて湯治客からパン屑をもらうカモメの群れに対して、ただ一羽群れから離れ、人を恐れず、人に媚びず、個を主張する小ガラスの方に強い共感を示している。それは狼（第九章で論ずる）に対する共感に通じるものであるが、このカラスはDohleである。

＊3 ヘッセはグノーシス主義をユング派の分析医ラングから学んだと考えられる。ユングは一九一六年に『死者への七つの語らい』を個人出版して知人に配ったが、この中にアプラクサスの名が見られる。

＊4 『ヨーロッパの森から』谷口、福嶋、福居著　NHKブックス　一一六頁。

＊5 ヘッセは二十歳の時ニーチェに強い感銘を受けて以来ニーチェに常に関心を抱いている。とくにこの時期にはニーチェに倣って『ツァラトゥストラの再来』（一九一九）を書いている。

第五章　花

ヒヤシンスがみごとに咲けば、友だちもまた元気になるに違いない、
もし花が咲かなければ、ブロージーは死ぬだろう。

一、花のイメージ

花の一般的イメージは比較的共通である。花はどの文化に於いても若い生命の象徴である。だが、個々の花のイメージには無限の広がりがある。たとえばキリスト教のユリの花や、仏教の蓮の花、あるいはわが国の桜の花のように、それぞれの文化、歴史の中で育まれた独自のイメージがあるので、それらを要約することは容易ではない。ここでは、ハンス・ビーダーマンのシンボル事典に記載されている比較的共通性のあるもののみを要約してみる。

一般的に花は生命力、生の喜び、春の喜び、冬の終わり、死の克服を象徴する。花はまた、花冠の星形ゆえに、太陽、地球、中心のシンボルでもある。たとえば、東南アジアの蓮の花のように。

尊重される多くの花は単に美的な根拠から尊重されるだけではない、精神によい影響を与える内容物を含むからである。

花は単に無邪気な春の使者と考えられるだけでなく、時には肉欲とエロチシズムの象徴ともなる。たとえば、マヤにおけるNicté-Blute (Plumeria) や中世の薔薇物語 (Roman de la Rose) のバラのように。

キリスト教の象徴世界では、天に向けて開かれた萼は神の恩寵とパラダイスの自然に触れた子供らしい喜びを示すが、また地上の美の移ろいやすさをも示す。地上の美は天上の庭園においてはじめて咲きつづけることが出来るので、庭園の中に墓地を築くこと、あるいは墓地に花を植える古来の風習もそこに結びついている。初期のキリスト教会は殉教者の墓地と密接な関係にあったので、教会も花で飾られるのである。

ヨセフやアロンの花咲く杖が示すように、聖書では花は神の恩寵の験である。多くの伝説や聖者伝で、枯れた枝が花をつけるのは神の思し召しと希望のシンボルである。

花の色もその象徴性からみると重要である。たとえば、白は無垢、純潔、だが死をも象徴する。赤はバイタリティと血。青は神秘、献身。黄色は太陽、温かさ、黄金。

道教では頭頂から生育する精神の「黄金の華」は最高の神秘的悟りのシンボルである。

二十日制のアステカ暦では二十日目の標は「花」(xochtl) と名付けられ、芸術と趣味のシンボルである。この標のもとに生まれた者はあらゆる芸術的活動の才能に恵まれている。また、魔術の才能にも恵まれているとされる。垂直に立った花 Xochiquentzal は女神の名で、この女神は生殖と豊穣に結びつき、その標は髪につけた花の冠と手に持った花束である。現存するアステカの抒情詩においては、花は生の喜びとともに移ろいやすさをも象徴する。

これが花の一般的イメージである。これをさらに要約すれば、①若い生命力、春の喜び、冬の終り、死の克服　②神の恩寵、希望　③生殖、豊穣またはエロス　④移ろいやすさの象徴　⑤弔いの花、ということになろうか。[*1]

さて、ヘッセの作品の中の花であるが、これはいたるところに見られ、膨大な数にのぼるので、ここではそれらのうちで特に意味深いもののみを取り上げる。『子ども時代から』のヒヤシンス、『ペーター・カーメンチント』のアルペンローゼ、メルヒェン『イリス』のなかのアイリス、『別の星からの奇妙な便り』の弔いの花である。

二、生命の輝き　ヒヤシンス

前章鳥の章で取り上げた小品『子ども時代から』には、鳥のほかにも忘れてならない重要な形象がある。それはヒヤシンスの花である。

ヒヤシンスの名前はギリシャ神話に由来する。それは次のように伝えられている。

むかしヒヤシンスという名前の美貌の王子がいた。彼は太陽神アポロに深く愛されていたが、西風の神はこれを妬んで二人の仲を裂こうと機会を覗っていた。或る日、アポロはヒヤシンスと円盤投げを楽しんでいた。西風の神は好機至れりとばかりアポロの投げた円盤をヒヤシンスに命中させた。王子は血を流して死んだが、その血が滴った処から美しいヒヤシンスが咲いたという。[*2]

これがヒヤシンスの名前の由来であるが、『子ども時代から』ではこのヒヤシンスの花が重要な役割を演じている。

『子ども時代から』の粗筋については前章で、述べたので、ここでは簡略に述べる。

主人公の少年は、一年ほど前まではしきりに行き来していたのに、すっかり忘れていた友人のブロージーが重い病気だと両親から聞かされ、見舞いに行かされる。ブロージーは二階の大きな明るい感じのよい部屋に寝かされていた。久しぶりの再会、重い病気ということで話は弾まず、気まずい思いをしていたが、病人がふと体を横にずらすと、シャツのボタンの下にチラリと紅いものが見える。それはブロージーの肩にある大きな紅い傷痕であった。それを見ると、少年は思わず声を上げて泣いてしまう。それはブロージーがまだ元気な頃の思い出と繋がっている。ブロージーがまだ元気な頃、二人で森のなかを歩き回って汗をかいてシャツを脱いだ折にも、少年はこの紅い傷痕を目にしたことがあった。はじめは子供らしい好奇心で訳を尋ねるが、やがて突然なんとも表現し難い激しい愛情の大波に襲われて、泣き出しことがあったのである。

見舞いから戻った少年の態度の中にどこかいつもと違うものを感じ取った母親は、ヒヤシンスの小鉢を与えて、その世話を少年に託す。少年は花の世話に献身する。ヒヤシンスは一時弱って少年をはらはらさせるが、やがて元気を取り戻してとうとう花を咲かせる。少年は喜び勇んでブロージーのもとにヒヤシンスを届ける。すると友人も元気を取り戻したかのように見える。だが、回復への期待もむなしく、ブロージーはまもなく死を迎える。

私はいまや必死に生きようとしているこの小さな植物と病気のブロージーとの間に神秘的つながりがあることを感じていた、それどころか、ヒヤシンスがみごとに咲けば、友だちもまた元気になるに違いない、もし花が咲かなければ、ブロージーは死ぬだろう。そのときに私がこの植物の世話をなおざりにしていたら、私にその責任があるのという固い信念にまで達していた。(1-597)

友人の命が幼い少年の手に託される、これは見方によれば非常に酷な話である。事実、これが少年の心に重くのしかかったことは、丹精の甲斐あって花の咲いた日のこと、ブロージーに花を届けた日のことを少年がほとんど覚えていないことからも覗える。この本当に嬉しかるべき日のことが記憶にほとんど残っていないということが、彼の解放感の大きさを示している。彼は得々として友人のもとに花を運んだに違いないが、この日のことを完全に忘れてしまったのである。

無論作者もこのことは承知している。作者は少年の受けるであろうショックを和らげるべく、いくつか配慮をしている。ひとつはヒヤシンスが枯れることなく花が咲いたこと。それで彼はひとまず重荷から解放されるのである。もうひとつは、逆説的に聞こえるかもしれないが、それにもかかわらずブロージーが死を迎えたことである。つまり、それによって、花の命とブロージーの命との関連を否定していることである。花の命とブロージーの命との関係は、論理的にはこのほか三つ考えられるが、これが最良であるということである。

ほかの三つとは、すなわち、ひとつはヒヤシンスが枯れてブロージーが死を迎えた場合、この場合は、少年は責任を感じて深く傷つく。それは少年の心に重いこだわりを残すことになるであろう。もうひとつはヒヤシンスが咲き、ブロージーも回復する場合。この場合は、とても幸運なケースだが、花の命とブロージーの命との関連はやはり否定されず、場合によってはこれも少年の心にこだわりを残す可能性がある。第三は、ヒヤシンスは枯れるが、ブロージーは回復する場合である。この場合には花の命とブロージーの命との関連性は否定されるが、物語はそれほど感動的なものにはならない。このように見ていくと、作者のこの作品に於ける選択が最良のものであることは明らかであろう。

さらにもうひとつ配慮がなされている。それは少年を葬儀に参加させなかったことである。それによって主人公が受ける衝撃が緩和されているのである。友人の死については、母親が後に配慮をもって伝えている。それでも少年は二、三日熱に浮かされるほどひどい衝撃を受けるのであるが。

　物語は成人した主人公が、毎年春の訪れと共によみがえる幼年期の思い出を語る一種の枠物語になっているが、語り手は、母親のこのような配慮に感謝しつつ、この物語を語り終えることが出来たのである。

　いずれにしても、この物語ではヒヤシンスの花はブロージーの生命と結びついている。現在ヒヤシンスと呼ばれる花には赤色のものと青紫色のものがあるが、断るまでもなくこの物語のヒヤシンスは赤でなくてはならない。それは、そもそもヒヤシンスはギリシャ神話では王子の流した血の中から生えたものであり、冒頭にも示したように花の赤色はバイタリティと血を象徴するからであり、この花の色が、ブロージーの若い生命の象徴であるとともに、その蒼白い肩に見られた痛々しい傷痕の赤色とも対応しているからである。

　生命の芽吹く春の訪れる頃という季節の設定、天空へと飛翔する鳥、死の克服を象徴する赤い花のイメージを用いて、作者は夭折する少年の魂の転生への祈りをみごとに描き出しているのである。

三、高嶺の花　アルペンローゼ

　高嶺の花という表現をわれわれは何にせよ高貴で手の届かないものに対して使うが、語源に戻るならそれは文字通り高い険しい山に咲いて、なかなか手に入らない花のことである。

この本来の意味での高嶺の花というと、いかなる花を思い浮かべるだろうか。それは国により、地方により、また個人によって異なるであろうが、アルプスに場所を限れば、エーデルワイスを挙げる人が多いのではないだろうか。エーデルワイス（Edelweiß）とは、アルプスの高い峰に咲く、文字通り高貴な白い花で（edel＝高貴な weiß＝白）、オーストリアの国花にもなっている、まさにアルプスを代表する花である。

だが、アルプスを舞台とする小説『ペーター・カーメンチント』に登場する高嶺の花はエーデルワイスではない、アルプスのバラを意味するアルペンローゼである。意外に思えるかもしれないが、じつはこの花の方がこの物語には相応しい。

アルプスの豊かな自然の中で育ったペーターは、熊のように逞しい体格の若者であるが、見掛けによらず繊細で感じやすい内気な青年で、都会に出ると人間にはなかなか馴染めない。とくに女性に対しては、気軽には話をすることすら出来ない。そのような彼がひそかに恋心を寄せたのが名門の弁護士の娘で、「フッガー家の少女像」にも似た評判の美人のレージー・ギルタナーである。彼はレージーに言葉一つかけたことがない。それどころか、彼女に気づかれることすら願わない、ただひそかに憧れているだけである。彼は「恋愛のことになると……生涯少年の域を脱することがなかった（1-242）」のである。このように純情で内気なペーターが、恋の証として自らに課した試練が、ひそかに贈り物をすること、それも手に入れることが困難であればあるほどいい、なにか前代未聞のものを贈ることであった。思案の末に彼が選んだもの、それがアルプスの絶壁の窪みにたった一本咲いていた遅咲きのアルペンローゼであった。まさに高嶺の花である。このアルペンローゼの一枝をレージーの家の玄関にひそかに置くこと、それこそ彼が自らに課した恋の証だったのである。

夏休みの終わりにこの英雄的大冒険を成し遂げると、彼は黙って町を去り、チューリッヒの大学に進学する。したがって初恋はそのまま終わりを告げるのである。現代の恋愛観からいえば、まるで浮世離れした話であるが、アルペンローゼの燃えるような赤い色が、純情な若者の秘めた恋の情熱と符合して、新鮮なさわやかな印象を読者に与え、この場面を忘れ難いものにしているのである。

アルペンローゼのそばにはエーデルワイスも咲いていた。しかし、彼が選んだのはエーデルワイスではなかった。それは「匂いも色もない病的な銀色の花は、いつも私には魂がないようで、あまり美しくは思えなかった（1-244）」からである。

銀白色のエーデルワイスではなく、赤いアルペンローゼを彼に選ばせたのは、他でもない彼の熱く燃える情熱なのである。その燃えるような赤い色は、まさに明るく健康的なこの青春の物語に相応しい。この冒険はこの花の燃えるような赤色によって、この小説前半のひとつのハイライトとなっているのである。

花に想いを託すのは東西を問わず時代を問わずひろく行われる風習であるが、花を贈りながら名も告げずひそかに立ち去る男の姿は、『たけくらべ』の信如を思い出させる。

『たけくらべ』の場合は、「或る霜の朝水仙の作り花を格子門の外よりさし入れ置きし者のあり」、「誰れの仕業と知るよし無けれど」と描写されているだけで、花の色については全く触れられていない。水仙の花には白色と黄色のものがあるが、「淋しく清き」と形容されているところから見ても、この水仙が白色であったことは推測に難くない。白は無垢、純潔そして死を意味する。この一輪の白い水仙の花は、ひとりは戒律厳しき僧門へ、ひとりは因習つよき遊女の世界へとそれぞれ再び交わることのない運命の道に進む決別のはなむけである。二人の淡い恋は厳しい現実の前で消滅せざるを得ない。白い花はそれを暗示しているのである。二人の青春は始まると同時に終わった。『たけくらべ』もここで終わっている。読者は寂寥感とも言うべき悲哀の中に取り残されてしまうのである。

一方、ペーターにとってはこの恋は一つの区切りに過ぎない。彼は花をレージーの家の玄関に置くと、新しい世界に向かって意気揚揚と旅立つ。青春は始まったばかりである。レージーにとってもこのアルペンローゼは、ひとときの謎に過ぎない。それもおそらく花がしおれる前に忘れられる程度のものである。そこには悲哀も寂寥もない、あるのは純粋な若者の恋とそれを支える健康な情熱である。アルペンローゼの燃えるような赤い色がそれと符合して、新鮮なさわやかな印象を読者に与えるのである。

花に託された想いに違いはないが、西と東、それを取り巻く社会環境がおおきく異ったのである。[*3]

ここにはこの物語を書いた当時のヘッセ自身の恋愛感が、(一葉についてはこれ以上触れない)、反映している。じつはヘッセ自身も恋愛に関してはまことに初心で不器用であった。それはヘッセ作品で永遠の恋人に祭り上げられているエリーザベト・ラ・ロッシュの談話からも覗える。彼女によれば、ヘッセ自身が彼女の前では、ものも言えない青年であったという。[*4]

ヘッセ自身の女性観はしかし当然ながら、時とともに変化している。それは、九歳年上で、母の面影にも似たマリア・ベルヌリとの結婚。夫人の精神病発病。ユング派の分析心理学体験。離婚。ルート・ヴェンガーとの結婚、離婚。さらにニノン・ドルビンとの結婚等などを経て、大きく変化していくのである。その最初の結婚と離婚が象徴的に表現されているのが、メルヒェン『イリス』である。

四、創造の神秘　イリス(アイリス)

大戦末期に書かれたメルヒェン『イリス』(一九一八)には分析心理学の影響が大きい。影響が大きいというよりむしろ心理分析の過程をメルヒェンの型に当てはめて表現したといったほうが実情に合っているだろう。

物語の概略を説明する前に、イリス(アイリス)について少し説明しておく必要がある。というのは、この物語のタイトルのIrisとは女性の名前であると同時に、花の名前でもあり、なおかつよく似たSchwertlilie（Schwert＝剣 Lilie＝ユリ）という花の名前も登場していて、これらが重要な役割を演じているからである。日本にも「何れアヤメ（菖蒲）かカキツバタ（杜若）」という諺があって、よく似ていて甲乙つけがたい美人の形容に使われるが、これは菖蒲も杜若もたいへんよく似ていて区別しにくいところから生まれた諺である。ところが、似ているのは菖蒲と杜若だけではない、ショウブもイチハツもアイリスも似ている。この種類の花には実によく似たものが多いのである。そもそも菖蒲と書いてアヤメと訓む。ショウブと菖蒲はよく似た植物であるが、菖蒲はアヤメ科、ショウブはサトイモ科の多年草である。イチハツ（鳶尾、一八）も似た植物であるが、これは中国原産のアヤメ科の多年草である。さらに、西洋産のアヤメ科の植物は一般にアイリスと呼ばれている。このように、この種類の花には実によく似たものが多いのである。

さて、メルヒェン『イリス』に戻ると、このメルヒェンのなかのSchwertlilieであるが、作中に「青いSchwertlilieのことをIrisという」いう表現もあるように、ヘッセはその区別をそれほど厳密にはしていない。メルヒェン前半ではもっぱらSchwertlilieであったものがIrisになったり、ふたたびSchwertlilieになったりしている。しかし、翻訳する場合は区別して訳さないと物語は成立しないので、高橋健二氏の例に倣うことにする。高橋氏はSchwertlilieをアヤメと訳し、Irisをアイリスと訳している。

主人公アンゼルムは、こどもの頃からの願い通り、大都会に出て有名な学者となったが、「あるとき、少年期の終わりに体験したのと同じようなことを体験（M-192）」する。ここで言う少年期の末期とはいわゆる「思春期」のことで、この時期には誰でもさまざまな苦悩を体験するのであるが、主人公はこれと同じようなものを中年になってふたたび体験するのである。それは「突然、多くの歳月がむなしく過ぎ去ったような感じ（M-192）」と表現されているが、これは一般にまじめな人生を送ってきた人間によく見られる現象で、現代の心理学では「中年の危機」と名付けられるものである。思春期と思秋期、いずれも人生の転換期であり、危機的な時期であることは言うまでもない。[*4]

このような状態の主人公の前に登場するのが、イリスという名前の女性である。イリスは風変わりな女性で、「健康に恵まれず、神経質で過敏なところがあり、花や詩や書物に囲まれ、静かに孤独に過ごすことになれた」、「内気で社交性に欠ける」、「結婚生活には向かない」、なおかつ「結婚するには年をとりすぎた（M-192）」などと形容されている。このメルヒェンがヘッセの最初の妻マリア夫人に捧げられたことから、よく指摘されるように、イリスにはマリア夫人（九歳年上で、結婚したとき既に三十六歳になっていた）の面影が色濃く反映されている。この作品が書かれた時期は第一次大戦の最中で、夫人が精神病を発病し、ヘッセ自身も神経を病んで分析治療を受けた時期である。

主人公はなぜか、この神経質で気難しくあまり美しくもなく、しかも年をとりすぎた女性に魅せられていく。とくに彼を魅了するのは、そのイリスという名前である。それはこの名前は、何故かわからないが、遠い深い重要な記憶と結びついていることを感じさせるからである。

あなたの名前がすでに私には快いのです。あなたの名前が私に何を思い出させるのか分かりませんが、イリスはすばらしい名前です。……あなたの名前を口にするたびに、それは何かを私に思い起こさせようとするのです。何か深いはるかな大切な記憶と結びついているかのように、(M-193)

アンゼルムはイリスに結婚を申し込む。しかし、イリスは、自分は結婚には向かない、それでも結婚を望むのであれば、ひとつだけ条件があると告げる。その条件とは、イリスという名前を聞いて思い出されるものを追い求めてほしい、と言うものであった。アンゼルムは懸命になって、イリスという名前と繋がるものを記憶の中に追い求めていく。この探求の過程(これはまさに分析心理学で言うところの連想法である)がメルヒェンという形に表現されているのである。

民話(Volksmärchen)では、求婚、条件提示、条件の達成、結婚、すなわちハッピーエンドで終わるのだが、このメルヒェンでは結末はそのようにうまくは行かない。アンゼルムはこの探求に熱中するが、それが彼の生活を徐々に破滅させるのである。彼は熱中のあまり、実生活に何の価値も見出せないようになり、現実に対する注意が散漫になり、やがて教授の職まで失う羽目になる。それでもこの探求は止められないのである。

あるとき友人が訪れて、イリスが死の床にあることを告げる。急いで駆けつけるとイリスは彼に咲いたばかりの青いアヤメの花を手渡して、次のように告げる。

　さあ私の花、このイリスをお取りください。そして、私を忘れないで。私を、イリスを探してください。そうすれば、あなたも私の処に来られます。(M-201)

探求はイリスの死後も続けられる。この探求は、すでに結婚の条件とも現実の女性イリスとも関係がなくなっている。彼は職を失い、住所不定になり、異国をさまよい、野宿し、子どもの遊戯に加わり、子どもたちの仲間になり、さらに木の枝や小石とさえ語ることを覚えていく。要するにそれまで身につけてきたすべてのものを投げ捨て、削ぎ落として、生まれたままの存在に立ち戻って行くのである。

あるとき冬の谷間を行くと、雪の中に一本のアヤメがひとつだけ美しい花をつけている。彼はその花の方に身をかがめると、思わず微笑する。イリスという名前が彼に思い出させたものが分かったからである。その瞬間は次のように描かれている。

彼は再び幼い頃の夢を見出した。黄金の柱の間を淡青色の道が、明るい条紋となって神秘の中へ、花芯の中へと通じるのが見えた。するとそこに求めるものがあった。

(M-202)

彼は幼少の折に、花好きだった母の庭でアヤメの花に魅了され、その神秘的な花の花芯を覗いたことを思い出す。イリスという名は幼年期に魅了された青いアヤメの花と結びついていたのである。アンゼルムはそれらのことをまったく忘れていた。イリスの名のもとに記憶の闇の中から浮かび上がってきたのは、この花に連なるものであった。それは母の思い出、幼年期、さらに根源的なもの、創造の神秘にまで連なるものだったのである。

アイリスの花は『アッシジの聖フランシス』にも出てくるようにヘッセの好みの花であるが、『イリス』というこのメルヒェンの魅力は、単に花の美しさだけに依るのではない、その形態の神秘性に依るのである。すでに作品の冒頭で彼がアヤメの花の神秘的な形態に魅せられた状態が繰り返し描写されている。

母の花のなかでいちばんいとしいのは青いアヤメだった。彼はその丈高い淡緑色の葉に頬を寄せたり、指をそのとがった葉先に触れ、押してみたりした。大きなすばらしい花の香りを深く吸い込みながら、長い間、花の中を覗いたりした。花の中には青白い花托から黄色い指が永い列をなして伸びていて、その間を一筋の明るい道が下方へ、萼の中へ、花の遙かな青い神秘の中へと通じていた。（M-186）

先にも述べたようにイリスとは女性の名前であるとともにアヤメ科の花の名前であるが、それはまたギリシャ神話の虹の女神の名であり、眼の中の虹彩をも意味する。そしてこれらにはすべて関連がある。人間の眼の真中を覗くと、黒い眼の場合には分かりにくいが、中心の瞳から周辺に向かって細かな筋が走り、虹のように色が徐々に濃くなっていく。それはちょうどアイリスの花を真上から覗いたようにも見える。したがって、青いアイリスの花を覗くのは、青い瞳を覗くのにもつながる。「眼は心の窓」とも言われるように、眼は人間の心に通じる神秘の門であるが、青いアイリスの不思議な形態もまた創造の神秘に通じる「精霊の門」[*5]なのである。それが更に、花のイメージのひとつである生殖、豊穣、さらにはエロスにもつながることは言うまでもない。このメルヒェンに見られる花の描写には、それまでのヘッセからは想像できないほど性的なものが感じられるが、それはこの花の色と形態にも由来しているのである。（この時期にかかれた『デーミアン』や『シッダルタ』にも共通することではあるが）

恋人イリスの「私を探して」という言葉はまことに童話風であるが、実はこれは「中年の危機」の時期にある男性の自らの本質を求める旅、人間存在の根源に遡る探求の旅でもある。それは、同時期に書かれた『デーミアン』の冒頭のモットー「私の物語を話すためには、ずっと前のほうからはじめなければならない。……私の幼年期の最初の頃、いやそれを越えて私の出生の遙か彼方まで遡らなければならないかもしれない(5-101)」という名高いモットーに端的に表現されているように、恋人から母へ、母から幼年期へ、幼年期からさらに出生以前にまで遡る探求の旅である。

この内面への旅が、ノヴァーリスの『青い花』やホフマンの『黄金の壺』にもつながる象徴的、ロマン派風の魅力的なメルヒェンと成り得たのは、青いアイリスの花の神秘的な形態とその多様なイメージに依ると言っても過言ではない。

五、弔いの花

第一次大戦中に書かれたメルヒェン『別の星からの奇妙な便り』に登場する花は弔いの花である。このメルヒェンについては鳥の章で述べたので、粗筋は鳥の章に譲るが、このメルヒェンの中心にあるのは鳥ではなく花である。

ある美しい星(この星は理想郷のような存在である)の南部の州に大災害が起き、人命を奪われ、畑や果樹園、野や森がことごとく荒廃した。生き残った人々は全力を挙げて傷ついた者を助け、復興に努めた。町は徐々に復興し、復興の努力の中で、人々の間に団結と友情がうまれ、人々の心は前より一層むすばれることになったが、悲しみは癒されるものではなかった。それは死者を弔う花がなかったからである。

もっとも悲しいことは、死者を包み、その安息地をふさわしく飾るために必要な花がまったくなかったことであった。(M-106)

花がないことが何故それほどに悲しいことなのか。それは、この国にはつぎのような独特の掟があったからである。

掟は求めている、死んだ人間や動物はすべて、季節の花で華やか飾られなくてはならない。そして、その死が突然で悲惨であればあるほど、埋葬は豊かに賑やかに行われなくてはならない(M-107)

われわれがここに生き長らえている限り、これらの疲れた巡礼者のだれ一人として、それにふさわしい花の供物なしに葬られることがあってはならない。(M-108)

それは、この国では葬儀とは単に死を悼むだけのものではなく、死者の転生(Verwandlung)を祈る祭りだからである。「花を供えられずに埋葬された者は願いどおりに生まれ変わることが妨げられる」からであり、「死者を葬って、花祭りをせぬ者は、夢に死者の亡霊を見る(M-111)」からである。このようにこの星では、死者に花を捧げることは、生き残った者の重大な責務であり、花とは死者の魂の転生を念ずる生者の〈祈り〉の象徴なのである。

ここに第一次大戦勃発後一年を経た当時のヘッセの平和への願いが色濃く反映している。ヘッセの反戦平和主義は今日ではあまねく知られているが、大戦勃発時にはヘッセは戦争に反対していない。志願さえしているのである。序章にも述べたように、ヘッセが戦争に反対したのは、戦争が拡大し、その被害の実態が明らかになった頃からであり、文化に携わっていた者までもが、戦争を賛美し、戦争に手を貸すのが黙視できなかったからである。そのような状況に耐えられず、戦争に反対する考えを新聞に載せたが、彼の意図は理解されず、祖国からの激しい反感と誹謗にあい、ヘッセは危機に陥ったのである。理解されず、誹謗と中傷をあびた無念さが、メルヒェンという別の形、比喩的象徴的な形を選択させたのである。新聞に掲載したヘッセの記事は、作家や文化人にむけて反戦を訴えたものであって、戦闘している兵士に向けたものではなかったが、このメルヒェンにはさらに戦闘している兵士の気持ちも描かれている。「なぜ戦争をするのか」という問いに対する「戦闘しなくてはならないわれわれも……犠牲者に過ぎない」という交戦中の王の苦渋に満ち溢れた答えがそれである。そこには「死に対する暗い不安のなかに生きながら、たがいに大量に殺し合う人々（M-118）」の絶えがたい絶望感が描かれているのである。

このメルヒェンにおける花とは、文字通りに取ればまさに第一次大戦の九百万人以上にのぼる膨大な数の犠牲者にたいする鎮魂のための献花であるが、たびたび繰り返される「生き残ったものの責務」、「あらゆる苦難を乗り越えてでも手に入れなくてはならないもの」という悲壮な決意ともとれる強い表現からも分かるように、それは単に死者のための弔いを意味するだけではない。この「花」とは無念にも戦場に果てた人々に代わって、開花させ、実現させねばならない戦後の「平和な世界」のことである。それは、弔いの花を手に入れるという重大な責務を果たして家に戻った若者が、疲れきっていてもなお眠る前に寝室に掲げた「世界統一の象徴」(das Sinnbild von der Einheit der Welten) によって暗示されている。責務を果たしたのであるから、そのまま寝入っても不思議はないが、彼はなお眠る前にこの「象徴」を厳かに寝室に掲げたのである。その象徴がどのようなものかは明示されてはいないが、それはおそらく花を象るものであっただろう。コスモス（宇宙）と名付けられた花の存在が示すように、花は太陽、地球、宇宙、中心のシンボルであり、平和のシンボルでもある。花こそ「世界はひとつの全体であり、全体を予感しつつ崇め、愛をもってこれに奉仕することこそ、幸であり、救いである (M-119)」というこの作品に託されたメッセージを象徴するにもっとも相応しいものだからである。

【註】
＊1 Hans Biedermann : Knauers Lexikon der Symbole. Droemer Knauer.1989. S.67.
＊2 『ギリシャ・ローマ神話辞典』高津春繁著　岩波書店。

＊3　この二つの作品の間には十年の隔たりもない。『たけくらべ』が書かれたのは一八九五年、一葉二十三歳、『ペーター・カーメンチント』は一九〇四年、ヘッセ二十七歳の時である。

＊4　Hermann Hesse : Die Märchen. Suhrkamp Taschenbuch 291. Erste Auflage S.192. 以下同書はM-192 のように略記する。

＊5　ヘッセはこれを一年にいちど開かれる Geisterpforte と呼んでいる。

第六章　蝶

私の蝶は、しかし、明るいランプの光をうけて箱の中からきらびやかに光り輝いた。

一、蝶のイメージ

蝶は昔から諸文化の中でシンボルとして重要な位置を占めている。洋の東西を問わず、また文学、宗教、芸術だけでなく実生活のなかでも、蝶は美と変身、美の移ろいやすさのシンボルとなっている。たとえば、ギリシャ語の蝶 Psyche は人間の魂を意味するが[*1]、それは鈍重で醜い芋虫から蛹へ、蛹からさらに華麗な蝶への鮮やかな変身が人間に深い感動を与え、芋虫すなわち肉体の反対語として、蝶が魂を意味するものとなったのである。蝶の優雅に舞う姿が人間に、地上のしがらみを離れて、いつかは天空の光の中に昇れるのだ、という希望を与えたのである。同じ理由で蝶は古代の墓にも印されている。

また優雅に羽ばたく姿から、蝶には小さな愛の神々、妖精 (Elfen)、守護神 (Genien)、キューピッド (Eroten) に近いイメージも生まれる。これは逆にこの神々がしばしば蝶の羽根を持った姿で描かれていると言ったほうが正しいのかもしれないが。いずれにしても蝶は古来さまざまな分野で重要なシンボルになっているのである。

ヘッセにとっても蝶は特別愛着のある生き物で、幾つかの作品の中で重要なモチーフとなっている。

ヘッセが一九一三年の暮れに、姉アデーレに宛てた手紙の中で「蝶の採集と魚釣りは僕の人生における二つの大きな楽しみだった」[*2]と書いていることは、すでに第三章で紹介したが、ヘッセは蝶にたいしては魚の場合とはまた少し違う態度をとっている。魚釣りは思春期が過ぎると全く止めてしまう。その理由は生き物を殺すことに対するためらいの気持ちが捕獲の喜びより大きくなったからであるが、蝶の採集は、一時中断するものの、その後本格的な趣味として再開しているのである。それゆえ蝶に関する知識も専門的なものになって、それが作品の中に存分に生かされているのである。まずヘッセと蝶の関係を見ていこう。

二、ヘッセと蝶

ヘッセの最も古い記憶は五歳の頃のことだというが、蝶の思い出もその頃に遡る。当時ヘッセ一家はスイスのバーゼルに住んでいた。彼の記憶に残っているその頃のバーゼルは、日当たりの良い街並、市役所の建物、聖堂、ライン河にかかる橋などであるが、最も思い出深いのは家の背後からはじまる牧草地だったという。この牧草地の思い出は、父母の顔や自分の運命の思い出よりもずっと古く、しかも鮮明に覚えている、という（1-95）。この子どもの眼には果てしないと思われるほどの広さの牧草地が彼の最初の蝶の採集地であった。

あの頃のことを思い出すと、その後わたしがこの目で見て、この手で捉えたすべての価値あるもの、私の芸術さえも、あの牧草地の素晴らしさと較べれば採るに足らぬものに思えてくる。あの頃には、草の中に寝転んで、両手を枕に、日の光を受けてきらきら光り、波うつ草の海を眺めて過ごす明るい朝があった。草の海には罌粟の花の赤い島、釣鐘草の青い島、そして種付け花の藤色の島が浮かんでいた。その上を黄色にきらめく山黄蝶や、可憐なシジミ蝶、高価な骨董品のように珍稀な光沢の小紫と姫赤立羽、黄縁立羽の重たげな羽根、鹿の角のような尻尾のヨーロッパタイマイと黄揚羽、黒と赤の大赤立羽、敬意をもってアポロと名づけた蝶などが舞い、私の心を惹き付けるのだった。

(S–24)

蝶の話となると思い出は尽きることなく続く、引用部の後にもまだまだ蝶の思い出が続いている。勿論、当時のヘッセは蝶に関して学問的興味は全くもっていなかったので蝶の名前は勝手に付けたものもあったという。この蝶に対する情熱は十二、三歳まで続くがやがて急激に冷めてしまう。しかし、一五、六年経った後にこの遊びは本格的な趣味として再開されるのである。そのきっかけは一九〇五年の『アルプス火取蛾』というエッセイのなかに書かれている。
アルブラ山脈の中のプレーダにたまたま滞在したヘッセは、そこでアルプス火取蛾という高山性の蛾を採集しようと集まっている昆虫学者（Entomologe）たちに出会う。当時のヘッセは、そんなことは小さな子供たちがやることだと思っていたので、彼らが狂奔するのが滑稽でたまらない。そんな昆虫学者たちのことを次のように揶揄している。

はるか下方のガレ場で採集に専念している二人の昆虫学者は、ここから見るとなかば幽霊のような、なかば滑稽な姿に見えた。時折一人が滑って地面に転げたり、獲物をしまうために膝間づいたりした。それはまるで蛮人の夜の踊のように見えた。無邪気にばかげた欲望の虜になって、情熱的に動き回っているちっぽけな二人の人間をつつみ、夜の中に途方もなく広がる巨大な山々に囲まれたアルプスの谷間の光景は、忘れがたい印象を私に与えた。（S-48）

無論、彼らの中には日常生活においては気持ちよく付き合うことが出来る人も多い。だが、このような欲望の戦場にいると、夢中になり、救い難い状態になっている。仲間に平気で嘘のポイントを教えるし、仲間が崖から落ちても見せかけの同情しか示さない。そんな彼らにヘッセは不快感すら覚える。だが、この子供じみた滑稽な趣味だと軽蔑していたものに、やがてヘッセも取り憑かれてしまうのである。ヘッセはその状況を次のように書いている。「だが、さらに始末が悪いのはその危険な伝染性である。一週間ほど後には、私は一緒に旅をした友人に、涼しい山歩きの折に、自分は故郷に帰ったら蝶の採集を始める、捕らえた蝶はシアンカリではなくエーテルを使って殺すつもりだ、と伝えたのである（S-46）」。

このようにして復活した蝶の採集は、子供の遊びとは違って、本格的な趣味となり、またその間に生まれていた子ども達の成長とも相俟って、持続性のあるものとなったのである。この趣味は一九一一年のインド旅行の頃にピークを迎えていた。生きている南洋の蝶を見た感激を、アドルフ・ポルトマンの写真集『蝶の美』に寄せた序のなかで、次のように書いている。

そしてその後、決してありえないと思われていたことが起きたのである。私自身が大海を越えて暑い異国の海岸に上陸し、熱帯の密林を通り抜け、鰐の棲息する大河を進み、熱帯の蝶がその故郷で生きている姿を観察することになったのである。少年時代の多くの夢がこのとき実現されたが、そのうちのかなりのものは実現されるとすぐに色あせてしまった。だが、蝶の魔力は消えなかった。……ペナンではじめて私は生きた熱帯の蝶が飛ぶのを見た、クアラ・ルンプールではその幾つかを捕らえた。そしてスマトラのバタン・ハリ川では短期間だったが素晴らしい時を過ごした。夜はジャングルで激しい雷雨のすさまじい音を聞き、昼は森の空き地で見たこともない信じられないような緑や金

色や宝石のような蝶が飛ぶのを見たのである。（S-17）

この旅行中にはセイロンで捕虫網をもって歩き回って子ども達に笑われたり、蝶のバイヤーにしつこく付きまとわれたりした。この旅行中にヘッセは少なくとも五十五時間は蝶の採集に時間をかけていて、またそれだけの成果もあったのである。[*3]

写真集に寄せた序『蝶について』は、ヘッセと蝶の関わりがかなり詳細に書かれた力作で、ヘッセの蝶に関する造詣の深さだけでなく、ヘッセの自然観そのものが覗えて興味深いものである。

「驚嘆するために私は存在する」というゲーテの晩年の詩『パラパーゼ』の一節を引きつつ、ヘッセは自らの自然観、とくに蝶に対する態度を次のように明らかにしている。

私が一株の苔、一個の水晶、一輪の花、一匹の黄金虫に感嘆したり、雲の浮かぶ空や、巨人の呼吸のように大きなうねりが静かに寄せては返す海や、あるいは結晶のように整然とした蝶の羽根の翅脈や、その羽根の輪郭と色鮮やかな縁取り、羽根の紋様の多様な文字や装飾紋、限りなく甘美な、魔法のように微妙な色彩のぼかしと陰影などに感嘆し、視覚や他の五感によって自然の一片を体験し、それに引き付けられ、魅了されて、その存在と啓示にしばし心を開くとき、まさにその瞬間に、私は欲望に目の眩んだ人間世界

をすべて忘れてしまうのである。(S-10)

この瞬間にヘッセは、「分離の世界」(die Welt der Trennungen) から抜け出し、「一体の世界」(die Welt der Einheit) の中に入り込んでいる。そこではヘッセは自然の美、造形の妙にただただ感嘆する以外に何事もなし得ない。まさにこの感嘆をもってヘッセは、ゲーテをはじめとするすべての詩人や賢人たちの仲間になっただけでなく、体験したものすべて、蝶や甲虫、雲や川、海や山々とも一体になった至福の状態に没入しているのである。

その意味では、自然界に存在する物はすべて、いかに小さな物でも、全体に調和して存在し、すべての自然物が等しく美であり、真であり、神の意志の啓示であるということになるのだが、蝶は、その中にあっても特別なものだと言うのである。

さて、ここで話題にする蝶は、花と同様に多くの人々にとって特別な被造物であり、あの「感嘆」のための特別に評価の高い効果的対象であり、偉大な奇跡を体験したり、予感するための、さらに生命を讃美するための特別に素晴らしいきっかけを与えてくれるものなのである。(S-12)

蝶の姿を見て何の喜びも感じない者がいたら、また子どもの頃体験した恍惚感の余韻も感じない者がいたら、その人は眼が見えないか、さもなければ余程無感覚な者にちがいないと、ヘッセは蝶の特別な美を称えているのである。その特別な美の根拠をヘッセは次のように述べている。

なぜなら、蝶は特別なものだからである。他の生き物のような生き物ではない。蝶はもともと一つの生き物などではなく、一つの生き物の最後の、最高の、最も華麗な、同時に生の最も重要な状態なのである。蝶はそれ以前の眠っている蛹の、さらにその蛹以前の食欲旺盛な幼虫の祝祭の姿であり、婚礼の姿であり、同時に繁殖の姿、死の準備の姿でもあるのだ。……蝶は単純で明快な啓示である。さらに蝶は華麗な恋人であり、かがやかしい変身をとげるものであるから、命短いものの象徴であるとともに、永遠に持続するものの象徴となり、人間にとっては既に昔から魂の象徴となり、紋章となったのである。(S-12)

蝶に関するヘッセのこの見解は、章の冒頭に紹介したシンボル事典の記述とみごとに一致しているが、ただひとつ「永遠に持続するものの象徴」という点が異なる。ヘッセは子孫の繁殖すなわち生命の連鎖を捉えて、永遠に持続するものの象徴と言っているが、生命の連鎖を永遠の持続というのであれば、それは全ての生き物に当てはまり、蝶の特性とは言えない。

ヘッセの「永遠に持続するものの象徴」という見解はじつは蒐集する者の見解なのである。そもそも蝶を殺して針に刺し、これを収集品として所有して楽しむことは、野蛮で残酷な趣味と言っても間違いではない。少なくとも、第三章で明らかにしたヘッセの魚に対する態度とは矛盾している。この点に関してヘッセは次のように弁解する。

「採集家ができるだけ美しく、できるだけ上手に保存するために蝶を殺し、針に刺し、標本にすることは、ジャン・ジャック・ルソーの時代からしばしばセンチメンタルに野蛮で残酷なことと見なされて来た。……これは既に当時から部分的には意味のないことであったし、今日ではほとんどまったく無意味である。(S-18)」その理由としてヘッセが挙げているのが、蝶の美の特殊性である。すなわち、動物でも植物でも色彩の美しいものは、どんなにみごとな標本にしてもその美しさは失われる。だが蝶はその変化がごく僅かであり、死んでも色彩の鮮やかさがよく保たれる。それだけでない、非常に長い間、何十年間でも保存できる、と蝶が標本として保存に適していることを強調しているのである。このように、ヘッセの蝶にたいするイメージのなかに一般のイメージと異なる永遠に持続するものの象徴という、「移ろいやすさ」という性質と矛盾するイメージがあるのは、この標本と化しても美しさが失われない点に注目しているからである。

だが、それでもなお後ろめたさは消えないのだろう。ヘッセはなお「本物の蝶愛好家は、幼虫や蛹や卵を大切に取り扱うだけでない、身の回りにできるだけ多くの種類の蝶が生息できるように、できるだけのことをするものだ。私自身も、もう何年も前から収集家ではないが、折に触れてイラクサを植えてきた。(S-16)」と自分の努力を付け加えている。さらに、「収集家の中には蝶をそっとしておいて、自由に生きているのを観察しようという心境にどうしても到達できない者もいるが、収集家の中のそんな粗野な者でも、蝶が忘れられることなく、多くの地方で蝶の古い、素晴らしい名前が保たれることに貢献している(S-15)」、また彼らの活動は収集することだけに終わらない、保護にもつながるのだと、いささか強引に収集家を弁護している。これはあきらかにヘッセの他の生き物に対する態度と矛盾する。少なくとも魚や鳥に対する態度とは著しく違っていると言わざるを得ない。そこが収集家らしい見解であるという所以である。

ところで、ドイツ語のシュメッターリング(Schmetterling)とファルター(Falter)という名称であるが、これは日本語の蝶と蛾のような区別ではない。そもそもドイツ語には蛾という語は存在しない。区別するときは、蝶をTagfalter(Tag+falter=昼+蝶)と呼び、蛾をNacht-falter(Nacht+falter=夜+蝶)と呼んでいるのである。さらに、ヘッセによればシュメッターリングという語は、それほど古い言葉ではなく、数多いドイツ方言のなかではけっして共通の語でもない、また「どこか極度に生々しく、エネルギッシュで、またいささか粗野な、相応しくないところがある(S-13)」名称だという。さらに、「この奇妙な名称はザクセン地方とチューリンゲン地方でだけ使われていたものが、一八世紀になって初めて文章語に入り込み、一般的なものになったのだ（S-13）」ということである。ヘッセの居住した南ドイツやスイスでは、蝶は「非常に懐かしく、この上なく美しい」フィファルター（Fifalter）またはツヴィーシュパルター（Zwiespalter）と呼ばれていた。スイスでは今日でも蝶はたいていフィファルターとかフォーゲル（Vogel＝鳥）、タークフォーゲル（Tagvogel＝日＋鳥）、ナハトフォーゲル（Nachtvogel＝夜＋鳥）あるいは、ゾンマーフォゲル（Sommervogel＝夏＋鳥）などと呼ばれている、ということである。

このように、ヘッセ自身はシュメッターリングという言葉を多く用いてはいるが、あまり気に入ってはいなかったようである。だが、彼が名称にこだわるのには、無論偏狭なショーヴィニズム（郷土愛）からではない。それには別の理由がある。古いドイツ語のツヴィーシュパルターやフィファルターは「名が体を表す」からだと言うのである。古いドイツ語のツヴィーシュパルターやフィファルター、またイタリア語のファルファッラ（farfalla）などの響きのなかには二つの羽根をもつ生き物を生き生きと髣髴させるものがあるが、シュメッターリングにはそれがないからだ、というのである。ヘッセはまたかつて訪れたことのあるマレーの人々が蝶に付けた名前の美しさに感嘆している。マレーの人々は蝶をクプクプ（kupu kupu）とかラパラパ（lapa lapa）と呼んでいるが、どちらにも羽音のような響きがあると言うのである。

確かに、日本語の場合でも正式には蝶と書き、「チョウ」と読むが、平生は蝶々と重ねて書いたり、チョウチョと言ったりする。その理由は定かではないが、このように重ねて書いたり重ねて呼んだりするのは、ヘッセの指摘するように、二枚の羽根を持つ生き物を生き生きと表現しようとする気持ちが無意識に働くためかもしれない。その意味では、旧仮名遣いの「てふてふ」と書いた方がさらに蝶のイメージに近いとも言える。「てふてふ」には羽音だけでなく舞う姿まで彷彿させるものがあるからである。

こんもりとした森の木立の中で
いちめんに白い蝶類がとんでゐる
むらがる　むらがりて飛びめぐる
てふ てふ てふ てふ てふ てふ てふ てふ
みどりの葉のあつぼったい隙間から
ぴか ぴか ぴか ぴかと光る そのちひさな鋭どい翼
いつぱいに群がつてとびめぐる　てふ てふ てふ てふ てふ てふ てふ てふ
　てふ てふ てふ てふ
ああ　これはなんといふ憂鬱な幻だ
………

蝶を好んでうたった萩原朔太郎の『恐ろしく憂鬱なる』[*4]というこの有名な詩はその意味では旧仮名遣いの世界でしか生まれなかった傑作であると言えよう。いずれにしても、ヘッセがシュメッターリングより、フィファルターやツヴィーシュパルターという言葉を好んだのは、慣れ親しんだ言葉への固執ではなく、詩人らしい語感へのこだわりなのである。

さて、このような深い造詣に支えられて、蝶の形象が個人の心象と深く関わっている様子をみごとに描き出している作品を紹介しよう。それは『孔雀山繭』である。

三、孔雀山繭

この物語はごく短いものではあるが、たいへん均整のとれた作品である。物語の形式としては、語り手である〈私〉のところに滞在していた客が少年時代の思い出を語る回想の形をとった一種の枠物語である。

梗概を述べると、ある日客が夕べの散歩から戻って書斎の〈私〉のそばに座っている。そのとき末の息子が「おやすみ」を言いに来る。そこでひとしきり子供のことや幼年期の思い出が話題になる。〈私〉が一年前から子供とともに再開した蝶の採集の成果を見せると、客は「不思議だな、蝶ほど子供の頃のことを思い出させるものはない。私は子供のころ熱烈な収集家だったんだよ」と言ったあと、突然、箱の蓋を閉めて「もう、たくさんだ」と吐き捨てるように言う。その言葉はまるで蝶が不快なものであるかのように響く。怪訝に思っている

〈私〉に、客は非礼を詫びるとともに少年時代の蝶にまつわる辛い思い出を語り始めるのである。物語は、夕暮れの薄明のなかで始まる。

私の客、友人のハインリヒ・モールは夕べの散歩からもどって、まだ夕映えの消え残るなか、書斎の私のそばに座っていた。窓外には色あせた湖が起伏の多い岸にくっきりと縁取られて、遠くまで広がっていた。(S-29)

この静かな黄昏どきの薄明は、回想にはまことにふさわしく、また、そのあとに続く追憶の部分、とくに蝶の華やかさに光を当てる効果をもっている。物語は〈光と影〉の交錯するなかで展開されていく。

〈私〉は収集品の入っている箱を取り出し、蓋を開けて見て、はじめてあたりがすっかり暗くなっているのに気がつき、ランプを取り出してマッチをする。すると、たちまち外の景色は消えうせ、あたりは不透明な青い夜の闇にとざされる。その闇の中からランプの光を受けて蝶の姿が鮮やかに浮かび上がって来るのである。

私の蝶は、しかし明るいランプの光をうけて箱の中からきらびやかに光り輝いた。(S-29)

このきらびやかに光り輝いて浮かび出てきた蝶の姿は、暗い記憶の闇のなかに埋もれていた思い出の中の蝶の姿でもあるのだ。その思い出はしかし楽しいものではなかった。そこで客は思わず「もう、たくさんだ」と叫んでしまったのである。客は失礼な言葉の弁解として図らずも子供のころの辛い思い出を語る羽目に陥るのだが、なかなか切り出せない。彼は煙草を一本所望し、ランプのホヤの上でそれに火をつけ、緑色のシェードを再びランプに乗せる。ここでもみごとな〈光と影〉の効果が生み出される。

彼はランプのホヤの上で煙草に火をつけると緑色のシェードをランプに被せた、すると私たちの顔は薄明のなかに沈んだ。それから彼は開いた窓の縁に腰を掛けた、そこでは痩せてほっそりした彼の姿は暗がりとほとんど見分けがつかなかった。(S-30)

こうして、再び、辛い思い出を語るにふさわしい「薄明」の舞台が設定されるのである。このように物語のいわば枠の部分が、すでに〈暗〉・〈明〉・〈暗〉のリズムで描かれており、それが主人公の心理のリズムと微妙に呼応しているのである。さらに主人公の語る思い出の部分も同じように〈光と影〉のリズムのなかにとらえられている。すなわち、主人公は八歳か九歳のときに蝶の採集をはじめ、十歳の頃にはすっかり夢中になって、他のことを等閑にするようになってしまい、親たちは蝶の採集を禁じなければならない、と考えるほどであった。この蝶への情熱にも次のように光りが当てられるのである。

（蝶が）日向の花にとまって、色鮮やかな羽根を呼吸しながら開いたり閉じたりしていると、私は捕獲の喜びに息が詰まりそうになりながら、そろそろと忍び寄って行く。輝く色の斑点の一つ一つ、透き通った羽根の翅脈の一つ一つ、触覚の細い茶色の毛の一本一本が見えるようになると、それはもう緊張と感激、荒々しい欲望と繊細な喜びの入り交じった、後の人生では滅多に感じられないような気持ちだった。（S-31・32）

夏の明るい日差しをうけて「光り輝く蝶」の姿は、そのまま少年の情熱の輝きを示している。それは後の人生では滅多に感じられないほどの感激である。だが、この熱中と感激に水をさすような出来事が起こるのである。

主人公の家はあまり豊かではなかったから、収集品は古いボール箱にしまっておいた。少年たちのなかには贅沢なものを持っている者もいたので、主人公は自分のコレクションを他人に見せたりすることはなかった。しかしあるとき、そのあたりでは珍しい青い小紫（blauer Schiller）を捕えて、得意のあまり、せめて隣の少年にだけは見せたい、という気になる。その少年は「欠点がないのが唯一の欠点」という、非のうちどころのない模範少年である。この模範少年に小紫を見せると、展翅の仕方が悪い、触角が曲がっている、足が二本欠けている等などと散々にケチをつけられて、すっかり傷付いてしまう。

二年経ったある日、この模範少年が孔雀山繭（Nachtpfauenauge）を蛹から孵したという噂が立つ。この蝶は、（これは蝶ではない、蛾である。しかも、われわれ日本人の目から見ると決して美しいとは見えない蛾であるが、これを蛾と訳してはこの作品は成り立たないので蝶と呼ぶことにする）羽根に大きな目玉のような光る斑点があって、「鳥や他の敵が攻撃しようとすると、蝶はたたんだ黒みがかった前羽根をひろげて、美しい後羽根を見せる。すると、その大きな光る斑点がとても奇妙で、意外にみえて、鳥はびっくりして手出しができない（S-34）」と言われるもので、この蝶ほど少年がほしがっていたものは無かったのである。この蝶を模範少年が持っていると聞くと、矢も楯もたまらず、隣家の四階の少年の部屋に出掛けて行く。部屋の戸をノックするが返事がない。ハンドルを回してみると鍵が掛かっていない。せめて蝶を一目見たいと思い、無断で中に入ってしまう。蝶はまだ細い紙切れで展翅板のうえに張られている。あいにく有名な光る斑点が見えない。そこで誘惑に負けてピンを抜き、紙切れを取り除く。すると挿絵で見たよりはるかに美しく素晴らしい四つの大きな不思議な斑点が主人公を見詰める。それはPfauenauge（Pfauen＝孔雀 auge＝眼）と呼ばれるように、まさに丸い大きな孔雀の眼であるが、その眼に魅入られると逆らいがたい欲望を感じて、生まれて初めて盗みを働いてしまう。蝶を手にして階段を降りかけると、下から誰か昇って来る。その音を聞いた途端に良心が目覚め、思わず蝶を乗せた右手をポケットに突っ込んでしまう。昇って来たのは女中だった。びくびくしながら擦れちがい、やっと建物の入り口にたどり着く、ただちに引き返し、蝶を机のうえに置くが、蝶はすでに無残な姿になってしまっている。惨めな思いで家に帰るが、どうしても家に入る勇気が出ない。夕方になって初めて母に打ち明けると、「すぐに謝りに行きなさい」と言われるが、なかなか行く勇気が出ない。母にせかされてやっとの思いで出掛けたのは、もうあたりが薄暗くなったころである。模範少年は彼の仕業とは知らずに蝶を元に戻そうと繕っている。少年は蝶を見せてくれと頼む。

私達は階段を昇って行った。彼は小部屋のドアを開け、蠟燭を点けた、すると無残な姿の蝶が展翅板の上に乗っているのが見えた。エーミールが元どおりにしようとしたことが私には分かった。壊れた羽根は丁寧にひろげられ、濡れた吸取紙のうえに置かれていたが、それはもうどうしようもなかった。(S-37)

蠟燭の光の中に浮かび上がって来た「無残な蝶の姿」。これこそ客が明るいランプの光のなかに見たものだったに違いない。冒頭の部分はこの部分の再現だったのである。客の「もう、たくさんだ」というせつない言葉がその耐え難さを裏付けている。少年は謝り、自分のコレクションをすべて提供すると言うが、「結構だ、君のコレクションはもう知っている。それに、今日君が蝶をどう扱っているか見ることができたからな」と冷淡に見下されてしまう。

喉笛に食らい付きたいほどの怒りを感じるが、「一度壊れたものは、もう償うことができない」ということを、生まれて初めて身に染みて感じて悄然と家に帰るのである。この取り返しのつかない惨めな暗い想いが次のように描かれる。もう遅かったので食事もそこそこに寝室に入るが、

その前に私は食堂からひそかに大きな茶色のボール箱を取って来て、それをベッドの上に乗せ、暗がりでそれを開いた。そして、蝶を一つ一つ取り出し、指でこなごなに圧し潰してしまった。(S–38)

少年の掌の中で握り潰されたものは、蝶、すなわち少年の魂だったのである。冒頭に示したように、ギリシャ語の蝶 Psyche は魂を意味する、Psyche はドイツ語でも魂である。この蝶とともに無邪気な少年期も、蝶の思い出もすべて粉々に潰れて、少年の魂は闇に閉ざされてしまう。この悲しい思い出が、数十年の後に突然思わぬことから噴出してしまったのである。

このように、この物語では蝶という生き物のもつ美しさとはかなさとが主人公の心理の陰影と一致してみごとな効果を生み出しているのである。ヘッセの作品の成功したものを分析していくと必ず具体的で魅力ある形象に行き着くのであるが、この物語の成功も蝶のもつ華

やかさ、優雅さと同時にはかなさ、もろさというイメージ抜きではとても考えられない。この作品では蝶がこのように不可欠のモチーフになっているのである。

ヘッセの蝶に対する造詣の深さが覗える作品がもうひとつある、それは『デーミアン』である。

「すべての人間の生活は自分自身への道である」と序に書かれているように、この物語の主題は自己実現である。しかし、いまだかつて誰一人完全に自分自身になり得たものはいないし、目標になる人間は未だ見いだされていない、またいかなる書物のなかにも書かれていないという。

それでは本当の人間の姿はどこに描かれているのか。それは各自の「内奥」のなかに書かれているのである。それ故、人はそれぞれ自分の中に書かれた自分の目標に向かって努力して行かねばならない。現実の一人一人の「人間」は、まだ本当の人間ではなく人間への可能性を内に秘めた存在にすぎない。ところが、「人間」は自分をすでに人間だと思い込んでいて、それによって本来の人間の可能性を限定してしまっているという。この物語は、巻頭に掲げられた「私は、自分の中からひとりでに出て来ようとしたものを生きようと欲したにすぎない。なぜそれがこんなに困難だったのか」という有名なモットーが示すように、人間の可能性の拡大の試みであり、「人間」から人間に至る道を示そうという試みである。一人の少年の「人間」から人間への成長の過程を描いた教養小説である。
この人間のもつ潜在的可能性の大きさを示す例のなかに、ヘッセの蝶に関する知識の一端が披瀝されている。

たとえば、蝶類のなかのある種の蛾には、雌のほうが雄よりずっと少ないものがある。蝶はすべての動物たちと同じようにして繁殖する。雄が雌を孕ませ、雌がそれから卵を産む。さて、君がこの蛾の雌を一匹もっているとすると――自然科学者によってたびたび実験された事だが――夜、その雌のところへ雄が飛んでくるんだよ。しかも、数時間もかけて！　数時間もだよ、考えてみろよ！　何キロも離れていても雄はみなその辺にいるただ一匹の雌を嗅ぎ付けるのだよ！　その説明が試みられているが、難しい。一種の嗅覚か、あるいは何かそんなものに違いない。……ところで、僕の言いたいのは、この蛾だって、雌が雄と同じようにたくさんいたら、決して鋭敏な嗅覚をもたなかっただろう。そういう嗅覚をもっているのは、訓練したからなんだ。動物でも人間でも、すべての注意力とすべての意志をある特定の事物に向ければ同じことが出来るのだ。

(3-150・1)

これは物語の前半で、主人公ジンクレールが友人デーミアンに救われる場面である。ジンクレールは、デーミアンがあたかも級友や教師を操ることができるかのように彼らの行動を次々と予告して見せるので、本当に他人の行動を予知することができるのか、と問わずにはいられない。それに対するデーミアンの答えがこれである。デーミアンは、相手の行動を知りたいと心の底から念じてよく観察すれば、相手が何を考え、どのように行動するかは分かるものだ、人間はつよく念じさえすれば、考えられているよりもはるかに多くのことが出来る、人間の潜在能力は考えられているよりも遙かに大きいのだと答えて、この蛾の例を挙げるのである。このような蛾が実在するかしないか筆者は知らないが、この譬えは人間の潜在的可能性の拡大をうたうこの作品の中では説得力のある魅力的な譬えになっている。それは作者の蝶や蛾に対する深い知識の裏づけがあるからであろう。

四、無常感

この他の作品にも蝶はたくさん登場するが、とくに魅力的な表現が多いのは晩年の詩である。そこでは蝶は主に人生の無常を表すものとしてうたわれている。それは、章の始めにも述べたように、蝶が「美の移ろいやすさ」、「はかなさ」の象徴であり、「変身」のシンボルとして、老いを迎えようとする詩人の心境を託すのにふさわしいものだからであろう。その中から典型的なものをひとつ挙げてみよう。一九三三年、ヘッセ五十六歳のときに書かれた『晩夏の蝶』と題する詩である。

たくさんの蝶の舞う季節がきた、
遅咲きのフロックスの薫りのなかを蝶は緩やかによろめき舞う。
蝶は音もなく青空のなかから漂いくる
大赤立羽と小緋縅、黄揚羽
緑豹紋、銀星豹紋
臆病な蜂雀、赤い火取蛾
黄縁立羽と姫赤立羽。
彩り豪華に、毛皮やビロードをまとい、
輝く宝石のごとく蝶は舞いきたる、
華やかに悲しげに、音もなくふわふわと
失われしおとぎの国からおとずれる、
パラダイス　アルカディヤの牧場の
まだ蜜にぬれた　異邦のもの、
わたしたちが夢にみる　失われた故郷の
東方からのつかの間の客
この霊の使いをわたしたちは信ずる
高貴なるもののあかしとして。

あらゆる美しきもの、うつろいやすきものの象徴
あまりに繊細なもの　感じやすきものの象徴
年老いし夏の王の祝宴の
憂鬱な　黄金に飾られし客よ！

（S-62）

華麗な衣装をまとった、失われたパラダイスからの高貴なる霊の使い、美しいもの、移ろい行くものの象徴と、この詩には蝶のイメージがほとんど集約されていると言ってもよい。「音もなくふわふわと舞う」蝶の姿は優雅とも言えるが、「力なく」とも見える。人生の夏の終わりを迎えた詩人の老いの実感が、ゆるゆると舞う蝶の姿にことよせてみごとに表現されているのである。蝶の舞う姿の中に、朔太郎の見た「憂鬱な幻」をヘッセも見ている。まことに蝶は「すべて美しいもの　移ろい行くものの象徴」であり、「繊細なもの　感じやすいものの象徴」である。

【註】
＊1　Psyche は現代ドイツ語においても①エロースの恋人プシュケ（ギリシャ神話）②精神③魂を意味している。
＊2　Hermann Hesse：Schmetterlinge. Insel Taschenbuch 385. 1979. S.24. 以後同書をSと略す。
＊3　同書のあとがき（Volker Michels 著）S.95.
＊4　萩原朔太郎『青猫』。

第七章　樹木

木は頭を摘まれると、根の近くから新しい芽を出すものである。……ひこばえはみずみずしく勢いよく生い茂るが、それは見せかけの命にすぎなく、決して本物の木にはならない。

一、樹木のイメージ

古来、樹木は畏敬の対象であった。天空に高く聳える木は成長と力と不動のシンボルであり、厳しい冬にも緑を失わない常緑樹は不変の象徴、秋に葉を落とし春に再び新しい芽を吹く落葉樹は再生のシンボルでもあった。

これらの象徴は現代のわれわれの樹木に対するイメージの中にも生きているが、近代以前にはこれ以外にも多様な象徴が見られた。

たとえば、樹木は地中に深く根を張り、枝を力強く空中に広げ、梢を天高く伸ばす。この形姿から樹木は地下と地上と天空の三つの世界を結び付ける世界の中心と見なされた。これは一般に「世界樹」と呼ばれ、多くの文化のなかに見られる。

「また主なる神は、見て美しく、食べるに良いすべての木を土から生えさせ、更に園の中央に生命の木と、善悪を知る木とを生えさせられた。」（旧約聖書「創世記」第二章第九節）と書かれているように、聖書には「生命の木」と「認識の木」という象徴がある。十字架は、キリストの死を象徴するが、絵画ではしばしば葉が茂り、花が咲き、実をつけた木で表現されているように、「死と再生」の二重のシンボルとなっている。

中世には錬金術師の「哲学の木」（Arbor Philosophica）のような宇宙観を表現するものも見られる。

また世界中の多くの民族の文化や宗教のなかに「神聖な樹木」がみられ、現在でも信仰の対象になっているものもある。

木はまた比喩としてはアンビバレントなものである。その形姿から男性のシンボルとなるが、実をつけることから女性を意味することもある。

このように樹木は実に多様な象徴性を秘めたものである。*1

ヘッセの樹木観はそれほど複雑なものではない。これらの樹木の多様なイメージのなかで、ヘッセの作品の中に見られるものは主として「生命の木」だけである。しかし、それが以下に明らかにするような魅力的な形象となりえているのは、それらがヘッセの確かな観察眼に支えられているからにほかならない。

まずヘッセの樹木に対するイメージを明らかにしていきたい。

第一次大戦後の一九二〇年に刊行された詩画集『放浪』は詩と散文に水彩画が添えられた作品であるが、その中に短いものであるが『樹木』と題する一文があり、そこにヘッセの樹木に対するイメージが明確に記されている。

木は私にとってはもっとも心にしみる説教者であった。木が種族や家族を成し、森や林を形成しているとき、私は木を尊敬する。だが、木が孤立しているとき、私はいっそう木を尊敬する。木は独行者のようだ。弱みゆえに逃れて来た隠者ではなく、ベートーヴェンやニーチェのような偉大な孤立した人間のようである。その梢で世界がざわめき、その根は無限のもののなかに根差している。（3-405）

このようにヘッセは樹木に尊敬の念を抱いている。群生する樹木もさることながら、独立し、堂々と聳える樹木をいっそう称えている。

だがヘッセが樹木を尊敬するのは、単に堂々たる形姿に驚嘆するからだけではない、樹木の中にある自己実現の有機的力に感動するからでもある。そこに人間の生き方の理想の姿を見ているのである。

木は生命のすべての力を尽くしてただ一つのことに努めている。すなわち木は木の内に

宿る自身の法則を実現し、本来の姿を形成し、自己を実現しようと努めているのだ。(3-405)

その自己実現の過程に於いて樹木はさまざまな障害を乗り越える。そしてその過程は樹木の中にしっかりと刻み込まれているのである。樹木が鋸で挽き倒され傷痕を日にさらすとき、切り株(年輪)にはその木の歴史が読み取れる。切り株すなわち樹木の墓標の上には、木の経てきた戦の跡が忠実に記録されている。その記録は最も堅い高尚な木が最も密な年輪をもち、最も丈夫で力強く理想的な幹は険しい高山や絶え間ない危機のなかで育つことを告げている。ヘッセはまさにそこに人生の比喩を読み取っているのである。

ヘッセはさらに樹木のなかに神聖なものを見ている。

木は神聖なものである。木と対話し、木の声を聞くことのできる者は真理を知る。木は教訓や処方は説かない、個々のものに煩わされずに、生命の根本法則を説くのだ。(3-405)

森林浴による健康回復とか精神の浄化など、二十一世紀の現在われわれが科学の力によって実証しようとしている樹木のもつさまざまな力をヘッセは、すでに百年前に、直感的かつ経験的に感取しているのである。

それでは、樹木がヘッセの作品のなかにどのように描かれているのかを見ていきたい。それは詩作品と散文とでは大きな違いがある。

二、生命の木［詩の場合］

ヘッセの詩には、樹木は初期から晩年に至るまで頻繁に現れるが、第一次大戦の前と後ではその表現に大きな変化が見られる。まず大戦前の詩作品の中で特に目を引く樹木の描写を挙げてみる。

空が荒れる、
庭に立つ
菩提樹が震える。
時はすでに晩い。
『初夏の夜』(5-409)

わが母の庭にひともと
白樺の木が生え、
『母の庭』(5-427)

それはいつも変わらぬ夢で、
赤い花咲くカスターニエの木が、
『夢』(5-486)

西風が吹き、
菩提樹がうめく、
『便り』(5-501)

カスターニエの梢に風が
物憂げに羽根を広げ、
『春夜』(5-512)

夕べ私たちは静かな川面を行った、
アカシアの木がばら色に輝いていた、
『中国の歌姫に』(5-564)

ここに見られる樹木は実に多種多様であるが、それぞれカスターニエ、菩提樹、白樺、アカシアというように個別の名称をもっている。

これに対して、大戦後の詩作品における樹木は、自然の中の一風物などではない、それは詩人の生命と深く結び付いているのである。特徴的な例をひとつ挙げてみよう。

生命の木からひとひらひとひら
葉が落ちる
おお、目眩む色彩の世界よ、

何と満ち溢れ、
何と満ち溢れ、疲れさせ、
酔わせることか。
いま、輝いているとみえたものが
もう、消えてしまっている。

『無常』（5–650）

これは第一次大戦直後の一九一九年、ヘッセ四十二歳の時に書かれた『無常』と題する詩の一部であるが、ここにうたわれている樹木はただ「木」であって、個別の名称を持たない。それはもはや自然のなかの一風物ではなく、詩人の「生命」を象徴するものである。とくに最初の行の「生命の木から」という表現はこれ以前の詩には全く見られない表現である。
この例からも大戦後の詩における「木」が、風景の一部ではなく、詩人の生命の比喩であることは充分推察できようが、さらにこの時期の詩の中からこれに類する表現を幾つか拾ってみる。

また、ひとひら私の木から葉が落ちる
また、ひとつ私の花が萎れる、

『愛するものに』（5–682）

秋の風が枝をゆする、
収穫の祭りへ　彩り豊かに
生命の木から葉が舞いおちる。

『ある詩集への献辞』（5-742）

苦悩の高い木が
枝を伸ばし、

『病めるもの』（5-672）

悲しみの木からひとひら、ひとひら
花が散る

『悲哀』（5-796）

ここに挙げた例はほんの一部に過ぎないが、これらの樹木が大戦前の樹木の表現とは全く異なることは十分理解できるであろう。これらの樹木は、大戦前の詩にみられたようなカスターニエとか白樺というような個別の名称を持つことは稀である。個別の名称を持つことがあったとしても、主題はあくまでも「生命」とか「苦悩」とか「悲哀」など詩人の生命や人生における諸々の感情である。

一般に樹木による生命の形象化には次のような利点が考えられる。
ひとつは、樹木は我々の身近にあって、春から夏にかけて芽を出し、葉を繁らせ、花を咲かせ、実を結ぶが、やがて秋から冬を迎えると、葉は枯れ落ちる……つまり人間の一生を映すような変化を一年という短期間のうちに、われわれの眼前に鮮やかに展開して見せることである。

もうひとつは、樹木は、冬が来て一度は葉が枯れ落ちても、春が来れば再び緑に蘇ることである。それは、つまり個としての人間の生命だけでなく「生き代わり、死に代わり」する人類の生命の象徴ともなりうることである。第一次大戦という未曾有の「危機」を経て、人間の生命の重さと儚さを強く体験したヘッセにとっては、もはや白樺とか楓とかカスターニエとかいう樹木の区別はさしたる意味をもたない。眼前にそびえ立っているのは、生命のシンボルとしての「木」そのものなのである。

生命を樹木によって表現することは、決して珍しいことではない。本章の冒頭でも明らかにしたように、それは洋の東西を問わず伝統的に行われてきたことである。だが、注目すべきは、それが確かな観察眼と深い愛情にささえられて、独自の効果的表現となっていることである。

顕著な例をひとつあげてみよう。『放浪』と同じ年に刊行された詩画集『画家の詩』（一九二〇）のなかの一篇『刈り込まれた樫の木』である。

樫の木よ、お前はなんと刈り込まれたことか！
お前はなんとみなれぬ奇妙な姿で立っていることか！
お前はなんとたびたび苦しんだことか！
今ではお前のなかには反抗心と意地しかない。
私もお前と同様だ、命を削られ
苦しめられたが屈しなかった。
そしてむごい仕打ちに耐え抜いて
日々新たに額を光りに向けるのだ。
私の中の柔らかなもの優しいものを
世間は嘲り枯らしてしまった。
だが、私の本質は変わらない。
私は得心し、仲直りして
根気よく新しい葉を枝から出すのだ、
幾度引き裂かれようとも。
そしてあらゆる苦痛にもめげず
狂った世間を愛しつづける。

(5-665)

詩人は「樫の木よ」と個別の名称をもってこの木に呼びかけているが、この詩の主題が樫の木にあるのではなく、これに続く詩人の心情にあることは言うまでもない。刈り込まれ異様な姿となった樹木の形姿を通して詩人のこの時期の苦悩と再生への決意が目に見えるように表現されているのである。大戦後の詩であるにもかかわらずこの木が樫という個別の名称を持つのは、それは樫がゲルマン民族の歴史と深いつながりを持つ特別な存在だからである。

樫の樹は古来、森の王とされ、ゲルマン人の民族性をもっともよくあらわす樹だと言われる。彼らはこの樹をゲルマン神話の雷神トールに捧げ、神聖な樹として畏敬の念をもって仰ぎ見た。太くたくましい根をしっかりと大地に張り、巨人の腕を思わせる枝を左右に大きく伸ばした太い幹は見るからにゲルマン人が神聖視した樹にふさわしい。

しかもこの樹には受難の歴史がある。ゲルマン世界にキリスト教を弘めた聖ボニファチウスは、古い信仰をいったん捨てたゲルマン人たちが、彼の留守中に古い偶像崇拝に戻り、雷神トールの樫の樹に巡礼したことを知ると、人々のあやまった信仰を断ち切るために、この樫の樹を切り倒をさせ、人々の信仰を確たるものにしたと伝えられているのである。*2

したがって、樫の樹に寄せられたヘッセの再生への決意も、個人の再生だけでなく、ドイツ民族全体の再生にもつながる。大戦時に受けた誹謗、中傷、迫害を乗り越え、作家としての道を新たに歩みだそうとするヘッセの再生への決意は、戦争による甚大な被害の上にさらに莫大な賠償金を課せられて苦難にあえぐドイツ人全体の再生を願うものでもあるのだ。
このように、樹木による生命の形象化は、詩の場合には専ら第一次大戦後の特徴的表現になっているが、散文の場合は違う。樹木が人間の生命の比喩となる例は、大戦以後に限らず、大戦前の作品にも数多く見られるのである。次に小説の中の注目すべき「樹木」形象について、その特徴と効果を明らかにしていきたい。

三、ひこばえ［散文の場合］

『ペーター・カーメンチント』においては樹木も重要な比喩形象となっている。たとえば、この小説の冒頭。アルプスの山岳風景の擬人化された描写からこの小説は始まるが、峻険な岩峰や深い渓谷の描写に続いて樹木が次のように描写されている。

木の姿に私はさらに深く感動した。木の一本一本が独立した生き方をしていて独特の形と梢を形作り独自の陰を投げかけているのが見えた。木は私には隠者のように、戦士のように、山々の同類のように見えた、というのは、木とりわけ山肌に高く聳え立つ木は生きるため、成長するために風や水や岩とひそかに粘り強い戦をしていたからである。どの木も重荷を背負い、しっかりとしがみつかねばならなかった。そして、そのた

めに独特の形と独特の傷痕をもっていた。(1-220)

高い山の険しい崖にしがみついて、厳しい気候風土に耐えているこれらの樹木の形姿のなかに、ヘッセはこの土地に代々住み着いている住民の似姿をみている。

しかし、村の男や女も木に似て頑固で、きびしい皺があり、寡黙だった。最も優れた者が最も寡黙だった。それゆえ、私は彼らを木や岩と同じように眺め、彼らについて考え、静かに立っている赤松と同じように彼らを尊敬し愛することを学んだ。(1-221)

たしかに、これらの樹木の姿は、村人の大半がカーメンチントという姓をもち、生き代わり死に代わりして、この気候の厳しい山岳地帯にしがみつくようにして生活している山村の寡黙で純朴な住民の姿をそのままに映し出している。この小説の主人公ペーターも一度は意気揚々と外の世界に出て行くが、やがて年を取ると故郷に戻り、そこの居酒屋の亭主に収まってしまうように、この小説の主題は言わば連綿として続く平凡で貧しくはあっても人間らしい生活そのものであり、自然と一体になった生活そのものなのである。それをこの大地にしがみついた樹木はみごとに象徴しているのである。

従って樹木は主人公ペーターにとって常に心から離れない存在である。

夜、寝床に入ろうとすると、丘とか、森の縁とか、もう長いこと訪れていない自分の好きな孤立した木とかが、突然頭に浮かんでくるのだった。今あの木は夜風に吹かれ、夢み、まどろみ、うめき、枝を動かしているだろう。どんな様子をしているのか？ そこで私は家を後にし、その木を探し、暗闇の中に立つ朧な姿を見付け、驚嘆し愛情を込めて観察し、その徐々にはっきりして来る姿を心に抱いて帰るのだった。（1-312）

ペーターにとって樹木は恋人にも等しいものである。彼は決して人間嫌いではないが、見かけによらず繊細で感じ易いので人間になじめない時もある。それは、人間の心は変わりやすいからである。樹木は常に変わることなく、有りのままの姿で彼を迎えてくれる。それ故彼は人間に対するよりも樹木につよい愛情を感じているのである。

いまひとつ特徴的で優れた例を挙げるならば、それは処女作に次いで書かれた自伝的色彩の濃い作品『車輪の下』に見られる樹木である。

父親や教師たちの虚栄心に煽られて、苛酷な受験勉強を強いられた少年は首尾よく神学校に合格するが、そこでの生活に適応できず、とうとう神経症を患って故郷に送り返される。少年は皆の嘲笑に耐えながら、必死で以前の「自然と一体になった生活」を取り戻そうと努める。この結局は徒労に終わらざるをえない少年の哀れな試みをヘッセは樹木によって次のように譬えている。

木は頭を摘まれると、根の近くから新しい芽を出すものである。同じように花の盛に病に冒され損なわれた魂も、しばしば新たな希望を見付だし、断ち切られた生命の糸を新たに結ぶことができるかのように、最初のころの期待に満ち溢れた少年期の春の時代に戻ろうとする。しかし、ひこばえはみずみずしく勢いよく生い茂るが、それは見せかけの命にすぎなく、決して本物の木にはならない。（1-495）

大人たちの無理解によって豊かな才能の芽を摘まれた少年の「元に戻ろう」とする努力、この一旦は実を結ぶかに見えても結局は見かけだけのものに終わらざるをえない行為が、ひこばえ（Wurzelsprossen）の譬えによってみごとに表現されている。ひこばえは勢いよく繁るが、元の木にはなれないのである。この比喩にもヘッセの自然に対する確かな観察と深い洞察が覗える。この譬えは作品の前半に出てきて、後半の主人公の運命を予告している。作品の主題を適確にとらえたまことに巧みな比喩であると言えよう。

四、カスターニエ

樹木によって人間の運命を暗示する例は、初期に限らず中期以後の作品にも見られる。中期の代表作のひとつである『ナルチスとゴルトムント』のなかから一例をあげてみよう。

マリアブロン修道院の入り口の二重の小さな列柱に支えられたアーチ門の前、道のすぐそばに、一本のカスターニエの木が立っていた。それは昔一人のローマ巡礼者によって運ばれた南国の孤独な形見であり、逞しい幹のカスターニエの木であった。(5-9)

カスターニエの木については少し説明が必要である。というのは、カスターニエには、ロスカスターニエ(Rosskastanie)とエーデルカスターニエ(Edelkastanie)との二種類があるからである。ロスカスターニエとは日本で言えば栃の木であり、春に大きな蠟燭のような花をつける。ドイツでカスターニエといえば、一般にこのロスカスターニエの木である。花には白いものと赤いものとあるが、赤い花はカルフォルニア産のものとの交配種であり、白い花のものに比べると背が低い。エーデルカスターニエは栗の木であるが、ドイツには数少なく、また実をつけることは稀である。

『ナルチスとゴルトムント』に出てくるこの「昔一人のローマ巡礼者によって運ばれた南国の形見」、「敏感で寒さに弱い異国生まれの客」、「毎年熟すとは限らない」と形容されるこの木はエーデルカスターニエである。これはまさに修道院付属の神学校に毎年新しく入って来る新入生たちの運命、とくに主人公のゴルトムントの運命を暗示する。神学校には毎年大勢の新入生が入学するが、そこでの生活は必ずしも実を結ぶとは限らないのである。

もともと情熱的な芸術家肌の性格で、修道者になるべき運命にないゴルトムントは、父の意向で神学校に入るが、そこでの生活になじめず、結局はそこを飛び出してしまう。この異質の世界に入り込んで順応できずにいるゴルトムントの運命をこの異国産のカスターニエの木は暗示しているのである。この木は必ずしも毎年実をつけるとは限らないが、それでも確実にこの地に根付いている。このこともゴルトムントの運命と符合する。彼は修道院を飛び出すが、最後には芸術家としてふたたび修道院に戻り、そこに定着して、聖母の像を完成するからである。

年を経て戻ってきたゴルトムントがまず最初にしたことはこの木に挨拶することだった。

　いよいよ彼らはマリアブロンの門を通り、南国のカスターニエの木の下で馬をおりた。ゴルトムントは愛しげにその木の幹に手を触れ、枯れて茶色になって地面に落ちている、はじけた刺のある毬の一つにむかって体をかがめた。(5-283)

このカスターニエの木にゴルトムントが特別の愛情を感じたのは、これが彼の人生の似姿であったからにほかならない。南国産のカスターニエが根付いたように、彼もまた、修道士にこそならなかったが、彫刻家として修道院に根を下ろすことになったのである。

異郷に移されて、そこに根付く樹木の比喩は他にも見られる。最後の大作『ガラス玉遊戯』においても、主人公ヨーゼフ・クネヒトの成長が異郷に移された木の成長に比して語られている。

その実は徐々に徐々に熟していった。肥沃な低地に蒔かれた高山の木の種子のように時を待ち、警戒しながら育っていった。肥沃な土地と温暖な気候にゆだねられても、先祖が身につけていた控え目で疑い深い性質を遺産として持っており、成長の緩やかな速度は受け継がれた性質であった。(6-255)

これは、主人公クネヒトが一時別の宗派の長老のもとで学んだ折の彼の成長の状態を述べた場面である。クネヒトの慎重で着実な性格が異質の世界に移し植えられた高山の樹木の姿によって巧みに表現されており、『ナルチスとゴルトムント』の南国生まれのカスターニエの木の比喩と好一対をなすものである。

この物語は紀元二四〇〇年頃の未来小説であるが、ドイツ伝統の教養小説でもあり、またカスターリエン州という架空の地方を舞台としたユートピア小説でもある。このカスターリエン州は、ゲーテの『ヴィルヘルム・マイスター』の教育州（Pädagogische Provinz）とローマ法王庁を思わせるような州で、聖職制度による宗団を形成しているが、この宗団は単に宗教のみから形成されたものではなく、音楽や数学、文学や宗教などあらゆる学芸の総合を志した世界で、まさにユートピアである。

ところで、このカスターリエンという名は、ギリシャのデルフィに近いパルナス山から涌き出る聖なる泉の名カスターリア（Kastalia）に由来するものであろうが[*3]、同時にこの名はヘッセの作品にたびたび登場するカスターニエの木を思い出させずにはおかない。先にも述べたように、この小説はドイツ教養小説の系譜に連なるものであるが、そもそも「教養」（Bildung）という概念は樹木に関わりをもつからである。「教養」とは一八世紀啓蒙主義においてしきりに主張され、文学に導入されて、ヴィーラントからゲーテに至る発展過程をたどって確立されたが、その間にこの「教養の思想」を強力に展開したのはヘルダーである。ヘルダーは、人間には自然に備わった素質があり、それを形成することが人間の目標であり、義務であると考えた。彼のこの「教養の思想」を支えたのが樹木の生態である。彼は、「芽が茎や葉を出し、花を咲かすような植物的成長を人間の形成理想と考え、この形成理念を人類史全体にひろげていった[*3]」のである。先にも明らかにしたように、ヘッセも樹木のなかに自己実現の象徴を見いだし、神聖なもの、模範的なもの、生の根本法則を説くものを見いだしているのであるから、カスターリエンという名称がカスターニエという樹木に由来するという連想はあながち的外れとは言えないであろう。

ヘッセにはカスターニエの木に忘れがたい思い出がある。

『カスターニエの木』(一九〇四)というエッセイの中で次のように語っている。

一時期でも滞在した場所は、その地を離れてしばらくして初めて我々の記憶のなかにひとつの形を形成し、不変の像となる。この像の中には、川や崖や屋根や広場などさまざまなものが属するが、私にとっては樹木がいちばん思い出に残るものである。(B-31)[*5]

二年間も滞在して思い出も多くあるのに、まるで行きずりの駅かなにかのようになじめない町もある。それは、樹木のない町や風景は記憶の中に像を結ぶことがなく、捕らえ所のないものになってしまうからだとも言っている。ヘッセの記憶の中では場所と樹木が分かちがたく結びついている。ただ一度、商用で一週間滞在したにすぎないシュヴァーベンの小さい町でも忘れがたい町がある、それはカスターニエの木の思い出と結びついているからである。

私は今日もまたあの美しいカスターニエの木の繁ったシュヴァーベンの小さな町を思い出している。町の中央には頑丈な造りの広い城郭をもった古い城があり、その広い城の回りを乾いた驚くほど広い堀がめぐり、その堀の回りを壮麗な通りが環状に走っている。通りの片側には低い古い家並みと小さな庭園が続いているだけだが、堀割側には大きなカスターニエの木の巨大な花環ができていた。（B-32）

広い通りの一方の側には、商店や飲食店が建ち並び、建具屋やブリキ屋の騒がしい物音や生活の匂いがあふれているが、反対側には静けさと陰があり、木の葉が香り、緑の光の戯れ、蜜蜂の羽音が聞こえ、蝶の舞うのが見える。人間の生活と自然とが美しく調和した町であるが、その中でもとくに印象深いのがカスターニエの木である。

最も素晴らしいことは、堀割りのそばの金鷲館に滞在して、毎夜一晩中窓の外に多くの赤や白の花を付けたカスターニエの木を見ることができたことであった。……私はただひとり窓辺に座って、夏の宵の微かな蒸し暑さと大きな蠟燭のような白いカスターニエの花の、この世のものとも思えぬ青白い輝きがいかに美しいかを半ば夢でも見るように感じていた。（B-33）

僅か一週間、しかも商用で滞在したに過ぎない小さな町のカスターニエの花咲く掘割りのそばで過ごした暖かな夕べが、何年も過ぎた後に人生の中の一つの島であり、メルヒェンであり、失われた青春であるかのように懐かしく思い出されるのである。それは他でもない掘割を縁取っていた美しいカスターニエの木のためなのである。

このようにヘッセにとっては思い出に残る場所は常に思い出に残る樹木と結び付いているのである。したがって、ヘッセが自分のユートピアを創造したときに樹木をイメージしたことは十分考えられる。それがこのどこか異国の香りのするカスターニエの木だったのではなかろうか。それは、樹木の形姿の中に人間の理想の像を見いだしていたヘッセの姿勢とも矛盾しない。またユートピアを考えるとき樹木をイメージすることは珍しいことではない。中国に由来するユートピア「桃源郷」にも桃の花は欠かせない、桃の花によってユートピアのイメージが具体化されているのである。南国産のカスターニエの木によって、ヘッセの理想郷カスターリエンのイメージも具体化されているのである。

晩年ヘッセはスイス、テッシン州ルガーノ湖畔のモンタニョーラに住んだが、この対岸にカスタニョーラという村がある。鳥の章でも述べたように、nola とはラテン語で村を意味する。したがって、カスタニョーラとはカスターニエの村のことである。カスタニョーラは樹木に囲まれた美しい集落である。理想郷カスターニエンを創造した時にヘッセの脳裏にはこの集落のイメージがあったのかもしれない。

このように、樹木はヘッセの作品に登場するさまざまの自然形象のなかでも特別なもののひとつである。それは、樹木が生命を象徴するのにふさわしい形姿と生態をもっており、ヘッセにとっては幼少年期からの友であり、師であり、人間の理想の姿であったからである。

「もろもろの原像を用いて話すものは、言わば千人の声で語っているようなものである」というユングの言葉に従えば[*6]、ヘッセはまさに原像のなかの原像とも言うべき樹木によって人間のあるべき姿を描いているのである。

［註］

＊1　Hans Biedermann : Knauers Lexikon der Symbole. Droemer Knauer. 1989. S.54.
＊2　『ヨーロッパの森から　ドイツ民俗誌』谷口、福嶋、福居著　日本放送協会　一九八一年　八九頁。
＊3　『ヘルマン・ヘッセ　危機の詩人』高橋健二著　新潮選書　一九七四年　二二二頁。
＊4　『ドイツ教養小説の成立』登張正実著　弘文堂　一九六四年　一四二頁。
＊5　Hermann Hesse : Bäume. Insel Taschenbuch 455. 以下同書はBと略す。
＊6　『ユング心理学』J. Jacobi 著　池田紘一他訳　日本教文社　一九七三年　四八頁。

第八章　火

世界は新しい色彩に燃え、思想は幾百もの勢いよい源泉から私の方に溢れ出て来た。精神と火が私の中で燃え上がった。

一、火のイメージ

火は食べ物を煮たり焼いたりする、また寒い冬に人の体を暖めたり、暗い夜を明るくするなど、人間に人間らしい生活を可能にする働きをもつが、同時に人間に苦痛と死をもたらすので、イメージとしてはアンビバレントな存在である。

火は物質の初源であり終末でもあるから、変化と循環を表す。火はまた造物主の具象ともなり、生命の核を表すものともなる。

キリスト教では火は神エホバであり、愛と信仰と殉教を表す。

火はまた家の竈の聖なるシンボルとされ、聖なる霊の象徴となり、インスピレーションのシンボルともなる。聖なる霊は炎の形をして聖霊降臨の際に使徒を感激させたのである。

聖なる霊を迎える儀式として火を灯すことは、諸文化のなかに見られる。

火は神の持物で、それを盗むことによって人間の持物となった。本来神の持物ゆえ、火には浄化という性質があり、悪を滅し、魔力を断つはたらきがあるとされる。カトリックでは「煉獄の火」が悪を滅するものであり、ゾロアスター教では火は聖なるものとされている。

また、火は四大（地、水、火、風）のなかで、唯ひとつ人類が自分の手で作り出すことのできるものである。それゆえ、火は人間にとっては神との類似性の印ともなる。

雷電など天の火による破壊、地底から噴き出す火山の火による災害など、火には苦痛、恐怖、災害のイメージも強い。

心理学では、火はリビドーと結び付き、禁じられた欲望を表す、また破壊と再生、退化と進化を表す。

これが火の一般的イメージである。*1

これら多様な火のイメージをヘッセもその作品のなかに取り入れている。ヘッセの火の表現は、大別すれば生命の火（情熱の火）と地獄の火（苦悩の火）と愛の火（浄化の火）の三つに分けられるが、詩の場合と小説の場合では著しい違いがある。詩の場合には初期の作品から晩年の作品に至るまで火は頻繁に見られるが、小説の場合には火は特定の作品に集中している。『青春はうるわし』の花火、『アウグストス』の暖炉の火と『デーミアン』の錬金術がその代表であるが、それについては後に検討するとして、まず詩の中に現れてくる火の形象について考察する。

詩作品においては先に挙げた火の一般的なイメージがほとんどすべて現れてくる。とくに頻繁に見られるのは青春の情熱の火である。たとえば、「私は天空の星だ／世界を見つめ、世界を侮り、／己の熱に燃え尽きる（5-385）」とか「私の熱い青春の炎は／日々荒々しい激情に燃え上がる（5-517）」などのように、初期の作品には青春の情熱が素直にうたわれている。（直接的に火という言葉は使われていなくても、燃えるとか焼くという表現が使われている場合も含む）

この青春の情熱は、しばしば夏の日と結びつくが、それは「おお、暗く燃える夏の夜よ……／ああ、すべて喜びはかくも速やかに傾き／渇望のみが絶え間なく燃える。（5-571）」とうたわれるように、主として去り行く夏の日にたいする惜別の歌の形となる。

また、この青春の情熱の火は本来生命の火でもある。したがって、詩人が年齢を重ねるに連れて、それは生命の火として意識されていく。序章で述べたように、ヘッセは第一次大戦中に死を願うほどの「危機」を体験しているが、死を思うとは逆に生を鮮烈に意識することでもある。「日々新たに体験するのだ／いのちの炎がお前の中に燃えているという奇跡を（5-606）」「いのちよ、いのち、なんと赤く燃えることか（5-651）」などのように、この大戦以後のヘッセの詩には「生命の火」という表現が頻繁に見られるが、これは第七章で明らかにした「生命の木」という表現と対をなすものである。

また、第一次大戦中の詩には「災と死とが地上に燃え上がり／幾千もの罪なきものが悩み、死に、朽ち果てるのを私は見た。(5-611)」のように、火は戦火という形でも現れるが、このように戦争を直接うたう表現はヘッセの場合極めて少ない。戦争の苦悩をうたう際にも、むしろ「暖炉では、燃える焚き木が苦痛に身もだえし／火の文字が震えながら灰となった表面を走る。(5-667)」とか「苦しみ身を焼く苦悩の炎が／心臓のうえに／雨のように降り注ぐ(5-667)」や「あらゆる苦悩の炎にわが身を焼かせたまえ！(5-676)」などのように、個人的に身を焼く苦悩として表現するものが多い。

さらに情熱の火もまた、しばしば苦悩の火に変わることがある。

二つの道で私は罪を犯し
二つの火でわが身を焼き滅ぼすのだ。(5-701)

これはインドの詩人バルトリハリに捧げた詩であるが、二つの道とは「歓楽」と「禁欲」の道である。二つの火とは情欲の火と地獄の火のことであろうか。
地獄の火には次のような表現も見られる。

地獄よ、私に襲いかかれ

連れ去れ、私はもはや抵抗しない、
お前の最後の炎の中で、
焼き尽くせ、二度と戻すな！　(5-704)

無論、火には「愛の火」に結び付く表現も多い。とくに初期の詩には「どこにもかまどの火が燃えていた (5-390)」、「夜ごと、暖炉のそばで読んだ伝説のように (5-450)」、また「いつも新たな愛の火から (5-578)」のようなきわめて素直な表現が目につく。第一次大戦中の詩にも次のような神の愛をうたったものがある。

たとえ世界が戦争と不安に息詰まろうと
いろんなところで
人知れず、ひそかに
愛の火は燃え続けている。　(5-634)

戦争をうたう場合にも直接的に戦火を表現することは稀で、戦争の苦悩を個人の苦悩と受け止めたり、背後に存在する「神の愛」に対する信頼を表明するものの方が多いのがヘッセの詩の特徴である。

このようにヘッセの詩のなかには、一般の火のイメージがほとんどすべて現れてくるといってもよい。ヘッセの場合詩はすべて叙情詩で、歓喜であれ、苦悩であれ、怒りであれ、日々の感情がそこに率直に表現されるが、それらの感情のもっとも激しい状態、極限の状態がしばしば火や炎で表現されているのである。

これに対して小説の場合には、火は比較的地味なイメージで、幾つかの作品に集中的に現れるのが目立った特徴である。『青春はうるわし』の花火、『アウグストス』の暖炉の火と『デーミアン』の錬金術がその代表である。

二、花火

田舎をとびだした若者が、数年の後一応落ち着いた職業人として夏休暇に故郷の田舎町を訪れる。その夏の二、三週間の出来事がこの作品の内容である。出来事と言っても、父母を中心とする故郷の人々や懐かしい山や川との再会、それに妹の女友達との淡い恋、これがすべてである。この事件らしい事件のない日々が魅力ある短編を構成するのは、作者が青春のもつ独特の雰囲気をみごとに描いているからにほかならない。ヘッセは「楽しき時のいのちはうるわし、青春はうるわし、そはもはや来らず。……」という古謡を引いてこの作品のモットーにしているが、この詩にうたわれている青春の美しさと儚さをじつに適確に表現しているのが花火なのである。この短い物語のなかで、花火は三回打ち上げられる。最初は主人公の到着後まもなく、二回目は休暇の半ば、三回目は物語の最後主人公が故郷を離れる時である。

最初の花火は、弟が久しぶりに会った兄に自分の成長ぶりを見せようとして打ち上げるのだが、「最初は白い火で、それから小さな爆発音がして、赤い炎がでて、それから美しい青い炎になる（1-738）」はずであったが、しかし、そうはならなかった。

二、三度ササッと動いて、火花を散らすと、突然、激しい爆発音とともに空気を圧して、その素敵な見もの全体が白い蒸気雲となって空中に飛んでしまった。（1-738）

弟はすっかりしょげてしまうが、じつは兄のほうにも同じような経験があった。十四歳の時に花火でひどい災難に遭い、すんでのところで視力どころか生命も失うところだったのである。花火は青春の美しさと儚さのみならず、危うさ、脆さをも同時に表しているのである。

二回目の花火は、物語の半ば、言わば青春の歓喜の頂点にホーホシュタインという山の頂から兄弟で力を合わせて打ち上げられる。

私たちは素早く立て続けに強力な三発の爆裂花火を打ち上げて、激しい爆発音が谷のかみしもに長くとどろきこだまするのを聞いた。それから蛙花火や爆竹や大きな輪転花

火をやり、最後に自家製のロケット花火をゆっくりと一つ一つ既に暗くなった夜空に打ち上げた。（1-744）

この花火は盛りの青春を謳歌するように、華やかで、無邪気で、勢いよい。それはまた神への礼拝のように厳かでもある。暗い夜空に打ち上げられる花火ほど色鮮やかで美しくかつ儚いものはない。それはまさに青春を描いたこの短編を象徴するにふさわしい。青春も花火と同様に束の間のものであるからこそ美しいのであろう。

三度目の花火は物語の最後に打ち上げられる。休暇も終わり、妹の友達との淡い恋も片思いに終わって、主人公は皆に別れを告げると、夕方汽車に乗って家の近くを通り過ぎる。その瞬間に花火が打ち上げられるのである。

私は車窓に立って、すでに街灯や灯のともされた窓が輝いている町を見ていた。家の庭の近くに強力な血のように真赤な光を私は見付けた。そこには弟のフリッツが立っていて、両手に一つずつベンガル灯を持っていた。そして、私が手を振って彼のそばを通過した瞬間に、彼はロケット花火を垂直に打ち上げた。私は身を乗り出して、花火が上昇し、止まって、ゆるやかな弧を描きながら赤い火花の雨となって消えていくのを見た。

（1-760）

儚い恋を胸に秘めて旅立つ主人公を送るために打ち上げられたこの花火ほど、ひと夏の恋を彩るのにふさわしい形象はなかろう。それはまさに恋の終わり、夏の終わり、青春の終わりを告げるものである。

この短編のなかで花火がいかに効果的なモチーフになっているかは、作中の花火の部分を消して見れば分かる。一人前になった兄に対する弟の敬愛の念も、青春の華やかさも消えて、物語は文字どおり暗い失恋の物語になってしまう。花火こそこの青春の物語に華やかさと夢とを与えているのである。帰郷とひと夏の恋という主題に花火という形象がみごとに合致している点にこそ、この作品の限りない魅力があると言えよう。

三、暖炉の火

一九一九年にヘッセはフィッシャー書店から、七つのメルヒェンを集めた『メルヒェン集』を出版している。そこには第一次大戦前に書かれたものと戦中に書かれたものが含まれているが、ここで取り上げる『アウグストス』は大戦前の作品でこの『メルヒェン集』の巻頭を飾る作品である。

単純な言葉の繰り返し、あるいはモチーフの繰り返しがメルヒェンの特徴であるが、このメルヒェンにも「暖炉の赤い火、音楽とはなやかな天使の舞い（3-267）」というモチーフが繰り返し現れる。以下、多少長くなるが、物語の順を追ってこのモチーフがどのように繰り返されているかを見ていこう。

モストアッケルという通りに一人の若い女が住んでいた。女はある不幸のために、結婚後まもなく夫を失い、貧しく、寄る辺なく、ただ一人で父なし子となる運命の子供の生まれるのを待っていた。女の隣にはひとりの老人が住んでいた。この老人と若い女との間には一種独特の近所付き合いがあった。ある秋の荒れ模様の晩、女は出産が近付いたことを知って不安だったが、夜になると一人の老婆が現れて一切の事をやってくれた。それは老人が手配してくれたものであった。身寄りのない女はこの老人に子供の名付け親になってもらった。名付け親はお祝いに一つだけ願いを叶えてやろうと申し出る。そこで母親は、子供が誰からも愛されるようにしてほしい、と願う。

子供は明るい元気なかわいい男の子で、どこへ行ってもかわいがられた。老人は時々、晩に少年を自分の家に呼んだ。そこは狭く暗かったが、暖炉には小さい赤い炎が燃えていた。老人は子供をそばに引き寄せ、静かな炎を見ながら長い話を語って聞かせた。少年が火を見ていると、暗がりの中から甘い旋律が涌くように響いて来た。その音楽に耳を傾けていると、部屋中を金色の翼をもった天使が舞い歌うのであった。

少年はどこへ行っても、誰にも愛された。そのため少年は徐々に高慢になり、意地悪になり、冷酷にさえなっていった。どのような悪戯をしても罰を受けることはなかったが、ただ、そういうときには名付け親の暗い部屋の暖炉には火が灯ることがなく、音楽は鳴らず、天使も舞うことがなかった。暖炉の火が燃えることはしだいに稀になっていった。少年が十二歳になった時には、もう天使の舞う姿は遠い夢になっていた。ある日、学校の先生が訪れ、アウグストスに学問をさせようと申し出た人がいると告げると、母親は名付け親と相談して、少年を見知らぬ世界へ出してやることにした。

外の世界に出るとアウグストスはもう母親を顧みることはなくなった。母親が危篤になって初めて戻って来た。母親を埋葬したあと、名付け親は彼を家に招く。暖炉に再び火が灯されるが、音楽は聞こえないし、天使の舞うのも見られない。老人は、天使はいつも歌っていることを忘れないで欲しい、憧れに満ちた心で聞きたいと思えば、聞くことができるということを忘れないでほしいと告げるが、青年は聞く耳をもたなかった。

彼は相変わらず皆に好かれた。とくに女にもて囃されて、我儘の限りを尽くした。しかしついに彼は、求めもせず、望みもせず、受ける資格のない愛に囲まれていることに飽き飽きし、嫌気が差して来た。振り返ってみると、生活は空虚で荒みはて、なにひとつ実を結ばず、本当の愛の痕跡さえもなかった。彼は失望のあまり死を決意する。するとそこへ名付け親の老人が現れ、何か願いがあればひとつ叶えてあげようと言う。そこで彼は魔法を解いて欲しいと老人に願う。

次の朝目を覚ますと世界は一変している。彼は人々に一斉に非難され、借金を取り立てられ、家を打ち壊されて、投獄されてしまう。

出獄したときには彼はすっかり年老いていたが、人の役に立つことのできる場所を求めて世界をさすらった。放浪の旅で彼は人々を愛し、人々に愛されることを学び、世の中は素晴らしく、愛すべきものだ、と思うようになっていった。やがて冬がきたとき、彼は疲れ果てぼろぼろになって故郷の町に戻った。名付け親の家の窓だけがひとつ明るく輝いて彼を迎えてくれた。家の中には小さい明るい火が暖炉で燃えていた。こうしてアウグストスは再び天国を見いだすのである。最後にもう一度暖炉の火のモチーフが繰り返されて、物語は次のように終わる。

今や火は燃え細っていた。アウグストスは幼年期のはじめの頃ように、大きな眠そうな目で弱い赤い火をじっと見つめていた。名付け親は彼の頭をひざにのせた。甘美な楽しげな音楽が暗い部屋に祝福するように優しく響いた、すると、幾千もの小さな輝く霊が舞いおりてきて、優雅にもつれあったり、組みになったりして空中を楽しげに輪舞した。(3-285)

暖炉の火は言うまでもなく「愛」の象徴である。冒頭にも示したように、キリスト教では火は神エホバであり、「愛」「信仰」「殉教」を象徴する。したがって、この聖者譚を思わせるメルヒェンもこの伝統に則っている。このメルヒェンは伝統的な形式で、実に単純で明快である。

先にも述べたように『メルヒェン集』には七つのメルヒェンが含まれているが、そのうち三つが大戦前に書かれ、残りは戦中戦後に書かれたものである。戦前のものと戦中戦後のものには著しい違いがある。戦前のものは、戦中に書かれた『辛い道』や『別の星からの奇妙な便り』と比べると、シンプルで美しいが、いささか単純すぎて陳腐な感じもなくはない。また、モラルが前面に出過ぎて物語に深みが欠けるきらいもある。これに対して、戦中戦後に書かれたものには不思議な魅力があるが、暗く、曖昧で、形式的にも十分に完成されたとは言い難い。ヘッセ自身が一九一九年にフランツ・カール・ギンツカイ（Franz Karl Ginzkey）に宛てた手紙の中で「これらのメルヒェンは私にとっては新しい詩作法への過渡期のものである。私はもはやそれらを好まない[*2]」と述べたのも、そこに原因があるのだろう。

いずれにしても、この『アウグストス』においては、火は伝統的な神の愛を象徴しているのである。

四、錬金術

さて、火の形象が最も魅力的で美しく効果的な表現として現れて来るのは『デーミアン』である。デーミアンについては既に、第一章の雲の節、第四章の鳥の章さらに第六章蝶の章でも取り上げたが、火に関しても取り上げないわけにはいかない。作品のライト・モチーフである「ハイタカの誕生」が火の中にも現れて来るからである。この作品には「火」がさまざまの形で現れる。それはこの作品が「魂の変容」の書だからである。冒頭にも明らかにしたように、「変化」は火の重要なイメージなのである。

それでは、火が『デーミアン』の中でどのように描かれているかを見ていこう。

主人公ジンクレールは、少年の頃精神的危機に際したとき、友人のデーミアンに助けられた。それ以来彼はデーミアンの姿を理想の姿として自分の中に持ち続けている。その後も彼が岐路に立つと、その決定的瞬間には必ずデーミアンが現れて、彼を自分自身への道に導いてくれたのである。しかし、堅信礼の後数年間は彼はデーミアンに会うことがなかった。その数年間にジンクレールは、他の町の上級学校に進学し、そこで心身ともに著しい成長をとげたのである。この時期はいわゆる思春期で、少年から青年へと急激に変化する時期である。ヘッセはそれを次のように要約している。「普通の人間にとって、これは自分自身の生命の欲求が外界ともっとも激しく対立し、外に向かう道がもっともきびしく戦いとられねばならない時期である。多くの者は、幼年期が朽ち果て、徐々に崩壊し、愛しかったものすべてが自分を見捨てようとするとき、突然孤独と宇宙の死ぬほどの冷たさを身の回りに感じて、生涯にただ一度だけ運命である死と再生を体験するのだ(3-144)」と。この変化の激しさ、苦しさが火という形象で表現されるのである。

世界は新しい色彩に燃え、思想は幾百もの勢いよい源泉から私の方に溢れ出て来た。精神と火が私の中で燃え上がった。(3-166)

私が悩み、いつもいつも避けていた性欲が、いまやこの神聖な火の中で精神と礼拝に変容することになった。(3-174)

私はいま、私をしばしばひどく荒れ狂わせ気違いのようにさせた満たされぬ欲求と張りつめた期待の火のなかに生きていた。(3-190)

これらの表現に見られるように、火は精神の緊張、期待、高揚、激変および性の衝動など、さまざまな感情や衝動の激しさを表出するものである。

この変容の最終段階の「欲求と期待の火の中にいる」主人公に最終的に大きな影響を与えるのが教会のオルガン弾きピストリウスである。このピストリウスが教えたのが火を見詰めることである。これはツェラーも指摘しているように、[*3] ユング派の分析医ラング博士をモデルにしているが、そこにはユングの哲学的錬金術の影響が覗える。ユングが錬金術師に関心を寄せたのは、彼らが鉛を金に変えるとか、その他のありそうもない化学的・物質的変成を成し遂げたという主張を信じたからではない。錬金術師たちが、化学上の処理の記述を通して霊的で哲学的な心理を表現していること、内的体験に基づいて一種の心理学的・哲学的・霊的体系を提示し、魂と精神と肉体の修行法を提供しようと試みていることに関心をもったからである。[*4] ユングの錬金術に関する書物『心理学と錬金術』や『結合の神秘』は、一九四〇年代から五〇年代にかけて公にされるが、錬金術に関する研究は一九一六年頃から始まっているので、ヘッセがその影響を受けたことは十分考えられる。

彼はマッチを擦って、寝ころんで、前の暖炉で紙と薪に火をつけた。炎が高く燃え上がった。彼は火を掻き立て、非常に慎重に薪をつぎたした。私は擦り切れた絨毯の上の彼のそばに横たわった。彼は火を見つめていた。私も火に魅せられた。私達は黙って一時間も揺らめく火の前に腹ばいになって、火が燃え、音を立てて燃え上がり、やがて小さくなり、揺らめきながら消えかかり、最後にぱっと燃え上がって、底のほうに静かな埋もれ火となるのを見ていた。(3-196)

『アウグストス』の場合と同様に暖炉の火ではあるが、与える印象は全くちがう。『アウグストス』の場合には火は「愛」の証として灯されたのであるが、ここでは火は神と人間との対決の象徴として、対決の契機を与えるものとして選び出され、世界の神秘を解き明かす鍵として描かれているのである。火も雲と同様におおよその形はあるが、特定の形をもたない、絶えず変化して、留まることがない。火もまた雲と同様に見る者の心を映し出す。火を見るとは己の心を見ることである。したがって、火の中に見えて来るさまざまな現象は、じつは主人公ジンクレールの心の中に隠されていたものの姿である。その一つとして、ジンクレールの心に幼い頃体験した神秘的な感情が蘇って来る。

私はすでに幼いこども頃からいつも自然の奇怪な形を眺める癖があった。観察するのではなくその独特な魅力、込み入った深い言葉に熱中するのだった。長い木質化した木の根、岩石の色とりどりの条紋、水面に広がる油の斑紋、硝子のひび——これら似たようなものすべてが私にとって大きな魅力をもったのである。とくに水、火、煙、雲、埃、そして何よりも目を閉じたときに見える渦巻く色の斑点が魅力のあるものだった。(3-198)

かつて不思議な思いで眺めたこれらのものと炎の中に見いだされたものの間には、何か密かな関連があることが予感される。そのような形象を生み出した意志(神)と自分の心との不思議な一体感を体験するのである。「自分と自然の間の境界が揺れて溶け去る(3-198)」のを感じ、さらに「自分の中で働いているものと自然の中で働いているものが、同一で不可分の神性である(3-198)」ことを体験する。火はまさにこの「個と全」の間の境界を溶かす炎となるのである。

火を見つめることを重ねるうちに、あるとき火の中に幻のハイタカの姿が現れる。

私は火にじっと目を据えて、夢と静寂に沈潜し、煙のなかに影を見、灰の中に形を見た。一度私は仰天した。友人が小さな樹脂の塊を火に投げ入れたのだった。小さな細い炎が燃え上がった。私はその中に黄色いハイタカの頭をもったあの鳥を見たのだ。(3-196)

火の中に現れた鳥の姿は、主人公が殻を破って新しい段階へと突き進む時期の来たことを告げるものであった。やがて彼はピストリウスの話から単なる博識と過去世界への模索以外のなにものも聞きとれなくなり、「神話礼賛」と「伝統的信仰形式のモザイク的遊戯」に反感を覚え、その教えに満足できなくなっていく。その不満が募って、思わず「あなたの話すことはひどく古臭い！(3-217)」と叫んでしまうと、二人の間には取り返しのつかないひびが入ってしまう。この二人の別離もまた燃え尽きる火で表現されるのである。

私は横たわったまま火を見詰め、黙っていた。彼もまた黙っていた。そうして私達は横たわっていた。火は燃えつき崩れ落ちた。炎が燃え落ちるごとに、私は再び戻って来ることのない美しいもの親しいものが燃え尽き、飛び去るのを感じた。(3-218)

ジンクレールは師との関係を何とか修復しようと試みるが、この努力は実らない。失意のさなかに彼は突然一つの悟りに至る。

ここで突然鋭い炎のように一つの悟りが胸を焼いた。（3-220）

このインスピレーションもまた火の形で表現されているのが興味深い。その悟りとは、各人にはそれぞれ一つの役目がある、その役目は選ぶことはできないし、書き改めることもできないものだ、師ピストリウスの役目は終わった、あとは「自分の道を自分で探して自分で進む（3-220）」以外に方法はない、というものであった。この突然のインスピレーションで、主人公とピストリウスとの師弟関係は完全に終わりを告げるのであるが、興味深いのはこの作品に頻繁に現れた「火」による表現もここで終わっていることである。これ以後この作品のなかには「火」と結び付く表現は出て来ない。それは、主人公の魂の変容がここで一段落ついたことと、みごとに整合しているのである。

このように、この作品では火は、性の芽生え、精神の高揚、自己嫌悪、インスピレーションなどさまざまなものと結び付きながら、全体として思春期特有の心身の激しい変容を表出しているのである。

火が、ヘッセの散文作品にあまり見られないのは、火のプラスのイメージは専ら火と人間との関係から生ずるものであって、自然にとっては火はマイナスの要素の方がつよいからであろう。つまり、急激な変化と破壊をあらわす火は、自然の美を主題としたヘッセの作品には馴染まないイメージなのである。その中では、以上に挙げた三つの散文作品は例外とも言えるのだが、『青春はうるわし』の花火、『アウグストス』の暖炉の火と『デーミアン』の錬金術はそれぞれ「青春の儚さ」、「神の愛」、「魂の変容」という作品の主題と結び付いて効果的なモチーフとなっているのである。

［註］

＊1　Hans Biedermann : Knauers Lexikon der Symbole. Droemer Knauer. 1989. S.140.

＊2　M.Pfeifer : Hesse Kommentar zur Sämtlichen Werken.Winkler Verl. S.142.

＊3　Bernhard Zeller : Hermann Hesse. Rowohlt. 1975. S.77.

＊4　『ユング心理学への招待』ロバート・H・ホフケ著　入江良平訳　青土社　二四七頁。

第九章　狼

耳を澄ませたまえ、そうだ、そうすれは、聞こえてくるのはラジオによって虐げられたヘンデルだけではあるまい。このような厭うべき姿をしていてもヘンデルは依然として神々しい。

一、狼のイメージ

古代ゲルマンの神話では強大なフェンリル狼が、足枷を引き千切って、太陽を飲み込み、最後に主神オーディンとの一騎打ちで殺されるが、そのときには主神オーディンも狼の大口に飲み込まれて最後を遂げる。

古代ギリシャでは狼は幽霊獣とされ、その蒼白い眼で見られた者は、ものが言えなくなると考えられた。

聖書の世界では、狼は神の敵、悪魔の化身であり、羊すなわち信者を脅かす存在である。「羊の皮をかぶった狼」とは人心を惑わす邪悪な預言者のことである。

狼は近代に至るまで、中央ヨーロッパではつねにとても危険な獣であった。したがって、メルヒェンのなかで狼が人間にとって邪悪なもの、危険なものとして大きな役割を演じ、血に飢えた人間が人狼として描かれたことは少しも不思議なことではない。

醜悪な容姿と獰猛な性質をもつために狼魚、狼蛾など狼の名前を冠された動物もある。

ローマ建国伝説のように、雌狼が人間の子を育てるという例もあるが、「野生の悪魔的力の化身」というのが狼の一般的イメージである。このように狼は「悪の原理」を代表する。[*1]

さて、ヘッセの狼像と言えば、誰でも『荒野の狼』(一九二七)を思い浮かべるであろう。この作品は一九六〇年代のアメリカでヘッセ・ルネッサンスと呼ばれるヘッセ・ブームのきっかけとなった作品で、映画化もされており、ヘッセの代表作のひとつである。ヘッセの狼を論じる場合これが中心になることは間違いない。しかしヘッセの狼像、狼像の原像とも言うべきものは、あまり知られていないが、これより四半世紀も前に書かれた短編『狼』(一九〇二)の中に存在する。それは狼の一般的イメージとはかなり異なるもので、次のように描かれている。

フランスの山岳地方が、かつてない長い厳しい寒さに襲われた年、そのあたりにすむ小動物は大量に餓死し、小鳥たちも凍死して鷹や狼の餌になったが、鷹や狼もまた飢えに苦しめられていた。あたりには数家族の狼が住んでいたが、狼たちもまた「瘦せて、飢え、油断なく、音もなく、おびえて、幽霊のように」歩き回っていた。苦境にあっても狼の団結は固かったが、飢えにさいなまれて、とうとう棲家を飛び出してしまうものが現れた。さまよい出たものは二手に分かれ、三匹は東のユラ山脈に向かい、残りは南へ下っていった。物語の主役は東へ向かった三匹の狼である。三匹は、村や町の点在する地方で二日目に羊を一頭、三日目に犬一匹と子馬を一頭餌食にしたので、懸賞をかけられ、怒り狂った村人たちに四方から追い立てられることになる。獲物の多い未知の世界で狼たちは次第に大胆になり、白昼農園の納屋を襲うが、発見されて一匹は射殺され、一匹は斧で打ち殺される。残る一匹も背中に一撃を受けるが、辛うじて逃れ、シャスラール山を迂回して別の村に入る。しかし、そこで再び人間に見付けられ脇腹を撃たれる。モン・クロサン近くの山に逃れるが、とうとう力尽き、村人たちにめった打ちにされて、村へ引きずって行かれる。これがこの短編の粗筋である。

この物語は珍しく動物が主人公である。本書に今まで取り上げてきた幾つかの形象は、火や水はともかく蝶や鳥や魚などの生き物も、重要なモチーフにはなってはいたが主役になることはなかった。それだけ作者はこの狼に感情を移入しているのである。

さて、ここに登場した狼は、「痩せて、飢え、油断なく、音もなく、脅えて、幽霊のように」と描かれてはいるが、狼に付きまとうマイナスのイメージは殆ど無い。敢えてマイナス面を挙げるなら、古代ギリシャの幽霊獣（Gespenstertier）に結び付く「幽霊のように」という表現だけである。マイナスのイメージがないだけでない、狼はしばしば「美しい」とさえ形容さ

れているのである。例えば、

この三匹は、恐ろしく痩せてはいたが、美しく、逞しい生き物だった。引き締まった白い腹部は革帯のようにほっそりしていて、胸には肋骨が見るも哀れに浮き出ていた。(G.E-48)[*2]

(最後の一匹が)……狼のなかで最も若く、最も美しく、逞しい力に溢れ、しなやかな体の、誇り高い生き物だった (G.E-48)

と書かれているように、ここには醜さや、悪のイメージは全く見られない。むしろ人間の方が醜く、愚かで、卑しく描かれている。物語の最後でヘッセは人間を次のように描いている。

彼らは、へし折られた四肢をつかんで、狼をザンクト・イマーの方へ引き降ろしていった。彼らは笑い、自慢し合い、酒や珈琲を楽しみに、歌い、悪態をついた。雪に埋もれた森の美しさ、高い雪原の輝き、シャスラール山の上に懸かる赤い月などに目を向ける者などは一人もいなかった。銃身や雪の結晶や打ち殺された狼の打ち砕かれた目のなかに、かすかな月の光が反射していた。(G.E. 1-50)

人間のほうが貪欲で、卑猥で、愚かで、鈍感である。狼の方が美しく描かれている。この美しい狼像に比べ得るのは、自立性、反権力性のシンボルであるイソップの寓話「狼と飼い犬」に登場する誇り高い狼だけであろう。この寓話の狼と犬の関係がじつはヘッセの作品のなかにも存在する。ただ、ヘッセが狼と犬の関係をこの寓話のように直接結び付けて対照的に描いていないので、この対照が目立たないだけである。たとえば、

なぜあなたは、力をお持ちなら、
なぜあなたは、犬や豚に
幸せを享受させるのですか、
思い悩む高貴なものには決して恵まれることのないものを。　(5–596)

と『孤独な者の音楽』でもうたっているように、犬はヘッセにとっては好感の持てない生き物である。本書で「犬」も「猫」も取り上げていないのは、筆者が意図的にしたことではない。そもそも犬がヘッセの作品にはあまり出てこないからである。猫に至っては完全に無視されている。要するにヘッセは人間に飼われて〈野生〉を失った動物には関心を持っていないのである。狼が美しいのは、狼がまさに〈野生〉そのものだからである。

このように、伝統的には悪の原理の代表である狼のなかに、ヘッセは「美しく、逞しく、

誇り高い生き物」を見ている。この狼像が二十五年後に書かれた『荒野の狼』のなかにも引き継がれているのである。

二、荒野の狼

第一次大戦後八年を経た一九二七年に、ヘッセは『荒野の狼』と題する一風変わった小説を書く。荒野の狼と言っても、この作品の主人公は狼ではない、狼と自称している四十八歳の男である。

この作品は出版当時、一般の読者にはあまり評判が良くなかった。それはこれがヘッセの作品に関して読者がそれまで抱いていたイメージと著しく違ったからである。この作品はそれ以前の作品とは趣を異にしている。第一に奇妙な三層の構造、第二に体験か幻想か分からない奇妙な魔術劇場の存在、第三に人間の内面を抉り出すあまり楽しくない内容、第四にマイナスのイメージのつよい狼という形象、である。

三層の構造とは次のようなものである。第一は「編集者の序」と呼ばれるかなり長い序文、第二はこれに続く主人公の手記「ハリー・ハラーの手記」(これには「読者は狂人に限る」というサブタイトルが付いている)、第三はこの手記に挿入された「荒野の狼論」と称する小冊子である。

このような構造はいかなる意図のもとに生まれたのか。

それはこの時期にヘッセが置かれていた状況に深く関わっている。第一次大戦後八年を経て、大戦末期から大戦直後の高揚した時期が過ぎたこの時期に、ヘッセは再び自己喪失の危機にあったのである。自己を徹底的に検討し、再構築しようとするヘッセ自身の姿勢がこの三層の構造には反映しているのである。これは失われた自己の再発見、再構築の物語なのである。

「編集者の序」は主人公ハリー・ハラーが十カ月程滞在した、ある小都市のアパートの家主の甥である平凡なサラリーマンが書いたということになっており、そこにはハラーがこの家に現れた時から始まって、ある日突然手記を残して立ち去るまでの経緯と「ハリー・ハラーの手記」に対する評価が書かれている。言わば、この部分は作品の導入の役割、枠物語の枠の役割を演じているのであるが、それだけに止どまらず主人公ハリー・ハラーの像を「外部から客観的に」描くはたらきも担っているのである。

次に「ハリー・ハラーの手記」であるが、これはすでに述べたようにハラーがアパートの一室に十カ月ほど滞在した後に家主の甥である編集者に残していったものである。その内容は体験なのか幻想なのか決めがたい、一風変わったものである。しかし、編集者が、「深く体験された精神的事象を、目に見える事件という衣装を着せて、表現しようとした試みである。(4-203)」と評価しているように、物語は一見現実離れしたもののように見えるが、決して単なる空想ではない、体験の裏付けのある、あるいは体験の上に組み立てられたものであり、心的体験をより分かり易く表現するための創作なのである。要するに、この部分には主人公の生活感情が「内部から主観的に」描かれているのである。

最後に「手記」に挿入された「荒野の狼論」。これは誰が書いたものか分からないが、主人公ハリー・ハラーを心理学的、社会学的に詳細に分析したものである。そこには、彼の抱える問題が決して個人的な問題ではなく、社会的問題であることが明らかにされているのである。

このようにして、主人公ハリー・ハラーに関して、三つの異なる視点から描かれた三つの像が読者のまえに提示されるのである。すなわち、主人公の外部に視点のおかれた「編集者の序」、主人公の内部に視点のおかれた「ハリー・ハラーの手記」そして、一段上の視点から書かれた心理学的、社会学的論文「荒野の狼論」、の三つである。この三枚の像が言わば合わせ鏡のように示されて、ハラーの立体像が浮かび上がって来るのである。

さて、荒野の狼ハリー・ハラーとはいかなる人物であろうか。

「編集者の序」および「手記」に書かれた主人公ハリー・ハラーとは次のような人物である。白髪交じりの短い髪をした中肉中背の中年男で、仕事はしていないが金には困っていない。海外旅行用の大きなトランクと旅行カバンひとつでやってきたが、次々と本を買い込み、あるいは図書館から借りてきて部屋中に積み上げている。朝は遅く昼近くまで寝ていて、起きると外で食事をとる、あとは本を読んだり、ものを書いたり、絵を描いたりしている。時折、夕方酒場に出掛けて夜遅く戻ったりする。このように外見的には自由で気ままな生活をしているが、じつは心身ともに疲れ果てている。肉体的には通風を病み、胃腸の具合も頗る良くない、精神的には絶望的な孤独感に悩まされている。これが当時のヘッセの生活を映すものであることは言うまでもない。

それでは、ハリー・ハラーの悩みとは具体的にどのようなものなのか。

それは、なにをやってもうまく行かないこと、とくに人間関係がうまく行かないことである。その原因はいろいろ挙げられているが、最大の理由は彼が、自分の心の中に人間と狼が住んでいて、これが不倶戴天の仇のように争うのでうまくいかないのだ、と思い込んでいることである。すなわち、彼の中の人間が世間と良い関係を結ぼうとすると、狼がその底にある虚偽と欺瞞をえぐり出すので、ぶち壊しになってしまう。逆に、狼が生き生きと羽根を伸ばそうとすると、人間が道徳的反省を加えて、これをぶち壊してしまう。そのため主人公の行動はつねに一貫性に欠け、結果として社会に受け入れられなくなってしまった、と言うのである。人間と狼、善と悪、まことに単純な二元論であるが、この二元が簡単に一元化され得ないことは、ヘッセの狼像を知ったものには容易に想像出来ることであろう。狼は、単純に悪として否定することのできないもの、むしろ、肯定さるべきものだという見方がその根底にあるからである。

それでは、そもそもいかにしてハリーはそのような状況に陥ったのか。

それは第一次世界大戦勃発後しばらくして、戦争が際限なく拡大し、いっこうに終わる気配が見えなかったころ、彼が新聞に戦争反対の記事をのせた為に起こったことと深く関連している。彼は狂信的な愛国者から、売国奴と罵られ、市民的名声をうしない、著書を発禁にされて経済的危機に陥り、友人を失い、揚げ句の果てには家庭生活まで失った。妻が精神病を発病し、それまでの愛と信頼の場が一挙に死に物狂いの戦いの場と変わってしまったのである。その結果、隣人たちにまで哀れみと軽蔑の目で見られるようになり、彼は家にいたたまれなくなった。彼の孤独が始まったのは、この頃のことだと説明されている。

この絶望感、孤独感の深さを端的に示すものが、「五十歳の誕生日を期して自殺する」という主人公の決意である。四十八歳の彼はその苦しみを二年間の期限付きに限定することによって、辛うじて生き延びているのである。「手記」は、そのような主人公が更に生き延びる為の知恵と勇気を獲得する物語として展開されていくのである。*3

これはまさに第一次大戦前後のヘッセの状況そのものである。ヘッセのこの状態は大戦終了時にはある程度克服された。この克服の努力の中から『デーミアン』や『シッダルタ』のような傑作が生まれ、戦後の数年間は作家としては希に見る実り豊かな時期を迎えたのであったが、充実した生活もつかの間、大戦後八年を経た一九二七年当時には、状況は再び個人的にも社会的にも悪化していたのである。世の中には再び国粋的な動きが見られるようになり、家庭面でもルート・ヴェンガーという若い女性との結婚が（すでに最初の妻とは離婚していた）うまくいかず、絶望的な孤独の中にいた。この状況を主人公ハリー・ハラーも背負っているのである。

物語は内容の暗さに反してロマンチックな展開を見せる。

彼はある日、町でプラカードを担いだ奇妙な服装の男に出会い、パンフレットを手渡される。家に帰ってよく見ると、それは「荒野の狼論」と題する論文であった。その中に書かれていたことは、驚いたことに彼自身のことだったのである。しかも、そこには彼自身が認識しているよりも遙かに詳細な性格分析と時代分析が載っていたのである。

この「荒野の狼論」に書かれたハラーの像をすこし細かく整理してみよう。

◎「荒野の狼論」

この論文では荒野の狼は次のように分析されている。

荒野の狼とは、心の中に二つの魂をもち（人間の魂と狼の魂）、その分裂に悩むものである。

彼は何をやってもうまく行かないと感じ、自分の存在の価値が信じられない。従って自分の存在を無にしようと考えている者である。これを論文の著者は「自殺者」と定義している。

彼がそうなったのは、束縛されることを嫌い、自由を大切にし、自由を懸命に追い求めた結果である。求めた物は獲得したが、それが人間にふさわしい限度を越えてしまったのである。他の人々とのあらゆる関係が切れて、孤立し、市民社会の外に出てしまったのである。これを論文の著者は「アウトサイダー」と定義している。*4

アウトサイダーとは実は優れた存在であり、本来活力のある生命力に富む存在であって、芸術家などは多くこれに属する。また、アウトサイダーは時代と時代の変わり目、文化と文化の交錯する時代に多く登場し、市民社会に活力をあたえ、これを支えているのである。だが、市民社会というものは無定見で軽薄なもので、あるときは人を英雄視するが、次の瞬間にはこれを絞首台に送りもする。従ってアウトサイダーはつねに不安定な存在でしかない。

論文には、更にこのような不安定な存在であるアウトサイダーがこの世のなかに生き続けるための方策が説かれる。自殺者ハラーがこの世のなかで生き延びるためには、人間と狼というような、あるいは善と悪、精神と本能というような単純な二元論を克服しなくてはならない。人間はそもそも二元論などでは割り切れない複雑な存在である。二元を一元化するのでなく、むしろ多元にまでひろげ、これをそっくりそのまま肯定すべきである。その為にはフモール（ユーモア）を学ばねばならない。ここで言うフモールとは、世の中を無視するかのように世間を渡り、法律を尊重しつつこれを超越し、所有しないかのごとく所有し、諦めないかのようにして諦めること、即ち世の中のことをあまり真剣に取り過ぎず、目先のことに煩わされず、背後に神の存在を信じつつ、対立、矛盾、不統一などを笑って受け止める態度、というほどの意味である。

「荒野の狼論」の趣旨をまとめて見ると、大体以上のようなことになる。

要するに、アウトサイダーとは、真実と自由を求め、虚偽と束縛を嫌うあまり市民社会の枠からはみ出した者のことである。だが、それは彼らが劣等であるからではない、彼らは本来生命力に富む、優れた存在だというのである。

このアウトサイダー像を、前節で明らかにしたヘッセの狼原像と比べてみると、この作品でヘッセが主人公を荒野の狼と名付けた意図がおのずから明らかになるであろう。そこには、第一次大戦中に戦争に反対して祖国ドイツから売国奴と罵られ、疎外され、孤独の淵に突き落とされたヘッセの姿が投影されている。疎外され、悪の烙印を押されるアウトサイダーをヘッセはこの作品で肯定しようと試みているのである。

さて、手記の後半の部分で、主人公ハリー・ハラーはこの「荒野の狼論」に従ってフモールを学び、生きる勇気を再び見いだすのである。

彼は、それまでの厳格で禁欲的な生活態度を捨て、魅惑的な女性ヘルミーネの導きに身を任せ、それまで低俗なものとして無視し軽蔑して来たアメリカ的文化、ジャズやフォクストロットなどを覚え、ギャンブルや麻薬を試し、若い娼婦マリアと遊び、ジャズ奏者の美青年パブロとも友達になるなど、それまでの彼の生活と対照的な世界に没入し、さまざまの新しい体験を重ねるのである。

彼はある日仮面舞踏会に出掛け、夕方から夜明けまで続く乱痴気騒ぎの後に、パブロの主催する魔術劇場に入場する。

三、魔術劇場

魔術劇場とはありとあらゆることが可能な劇場である。つまり、過去の生活の追体験も出来るし、やり直しも出来る、未来の先取りもできる。そこでは時間、空間を自在に越えてさまざまな体験ができるのである。この劇場は当時盛んになり始めた映画からヒントを得たものと考えられるが、いわば人間の記憶の世界、思索の世界、想像の世界が映像化されているのである。ヘッセの作品で映画化されたものは稀だが、この作品が映画化されたのは、このように作品自体に映像化さるべき要素が存在するからである。

さて、この魔術劇場の世界でハラーは教授となった少年時代の友人と出会い、彼とともに科学技術の粋である自動車を破壊する自動車抹殺ゲームに参加したり、かつて出会った女たちに「言いそびれた言葉」を伝えたり、モーツァルトと音楽談義をしたりするのであるが、この魔術劇場に狼が登場するのである。この劇場の中の狼こそ、実はこの比喩形象の持つ効果を最も有効に発揮するものなのである。

劇場のなかにはさまざまの扉があり、扉にはそれぞれ看板が掲示されている。たとえば

【転生　任意の動植物に変身】

【カーマストーラム　印度恋愛術教授　初心者コース　恋愛実習四十二】

【荒野の狼　訓練の奇跡】

【あなたは霊化を望むか　東洋の知恵】

などであるが、その扉の後ろにはそれぞれの映像世界が展開されているのである。

その一つ【荒野の狼　訓練の奇跡】が主人公の関心を引き付ける。入って見ると、舞台には大きな口髭をたくわえ、洒落こけたサーカス服を着た勿体振った香具師のような風体の、いやらしい、しかも主人公によく似た猛獣使いが立っている。この猛獣使いが一匹の狼を連れている。

この逞しい男は――見るも哀れな光景だが――大きく美しいが、恐ろしく痩せこけ奴隷のように脅えた目付きの狼を犬のように綱に付けて連れていた。――（中略）――狼はいかなる命令にも注意深く従い、いかなる掛声や鞭の音にも犬のように応じた。膝間づき、死んだ振りをし、チンチンをし、パンの塊や卵、肉の塊や籠を口にくわえて柔

順におとなしく運んだりした。それどころか猛獣使いが落とした鞭を拾いあげ、口にくわえて持って行かねばならなかった。そうしながら狼は耐え難いほど卑屈に尾を振った。狼の前に兎が運ばれ、それから白い子羊が運ばれると、狼は欲望に震え、歯を剝き出し、涎を垂らしながらも、どちらにも触れず、床にうずくまっている小さい動物の上を、命令どおり優美な弧を描いて飛び越した。そのうえ兎と小羊のあいだに横たわって、前足で二匹を抱き寄せ、感動的な家族の図を描いてみせた。更に狼は人間の手からチョコレートを食べた。信じられない程まで狼が本性を否定することを学ぶさまを見るのは、苦痛だった。(4-390)

断るまでもなく、猛獣使いの姿をしているのは主人公ハリー・ハラーの中の理性的、精神的な部分であり、狼はハラーの感性的、本能的な部分である。現代の人間社会においてはこの狼的部分は決して剝き出しに表に出してはならないもの、調教して心の奥に秘めておかねばならないものなのであるが、その調教があまりに過度に、完璧に成し遂げられているので、その不自然さが見ているハラーに髪の毛の逆立つ思いをさせずにはおかないのである。

また、行き過ぎは必ず反動を生むものだが、それもまたみごとに表現されている。猛獣使いが勝ち誇って甘い微笑を浮かべながら小羊や狼にお辞儀をすると、突然役割が転換される。今度は人間が惨めに這いつくばり、服従しなくてはならない。

ハリーに似た猛獣使いは突然深くお辞儀をし、鞭を狼の足もとに置くと、さきほどの狼と同様に、身を震わせ、縮み上がり、見るも哀れな様子をしはじめた。狼は笑いながら舌嘗めずりをした。痙攣と虚偽が消え去り、眼が光り、体全体が張り切って、取り戻した野生に輝いた。今度は狼が命令し、人間が従がわねばならなかった。命じられると人間は膝間づき、狼を演じ、舌を垂らし、充塡した歯で衣装を体から引き裂いた。彼は人間使の命ずるまま、二本足で立ったり、四本足で這ったり、チンチンをしたり、死んだ振りをしたり、狼を背中に乗せて歩いたり、鞭を狼のところに運んだりした。――（中略）――最後に白い小羊と太った斑の兎がまた運び込まれた。すると、この覚えのいい人間は何もかもかなぐり捨てて、楽しみとなった狼役を演じた。指や歯で悲鳴を上げる小動物をつかみ、皮と肉片を引き裂き歯を剝き出して、まだ命のある肉を嚙み、うっとりと飲み込み、快感に目を閉じて暖かい血を啜った。（4‒391）

それは主人公に、僅か七、八年前の第一次世界大戦中にしばしば目にした「前線の身の毛のよだつような写真」や「ガスマスクのためにあざ笑う悪魔の顰め面のような顔をした死体の絡み合った山」を思い出させるものであった。この突然で鮮やかな役割転換はまさに映画的手法であるが、ここに人間のなかにある人間性と獣性の変わり易さが巧みに映像化されている。平和時と戦時における人間の心理のドラスチックな転換が目を覆いたくなるばかりに鮮やかに描かれているのである。

すでにたびたび述べたように、ヘッセは、第一次世界大戦に際してはヒューマニストとして戦争反対者の立場を貫き通したのであるが、大戦中に見られた人間性と獣性の転換を決してたまたま起きた一過性の不幸な歴史の一場面とは見ていない。人間の中には（ヘッセ自身の中にも）戦争を賛美した作家や文化人、また戦争を遂行した大臣や将軍たちとかわらない野獣性が潜んでいるのだという認識が、このような映像を生みだしたのである。事実、この作品が書かれた六年後には早くもヒトラーが総統に就任し、十二年後には第二次大戦が始まるのである。ヘッセと戦争の問題はまた別の機会に論ずるとして、魔術劇場のこの場面は、人間の心理転換の激しさを劇的に描き出している。陳腐なものにも思える狼形象が、人間の中に潜む「野獣性」をえぐり出す手法として、ここではじつに効果的な手法となっているのである。

四、二人のヴォルフガング

ところで、主人公荒野の狼の救済の手段として「荒野の狼論」に用意されていたのは、先にも触れたが、フモールである。この場合のフモールとは、現実との間に距離を置く、理想と現実の乖離をあまり深刻に受け取ることなく矛盾、分裂、不統一を笑って受け入れていく態度を意味していたが、このフモールの精神が『荒野の狼』の中に具象化されている。それはハラーの夢と魔術劇場に登場する二人の偉人、ゲーテとモーツァルトの存在である。彼らは不滅の人（Die Unsterblichen）と呼ばれて、このフモールの精神を体得した人、言わば悟りの境地に至った人々の代表である。

◎ゲーテ

ゲーテはハラーの夢の中に登場する。

ある日ハラーが孤独な鬱屈した状態で町をうろついていると、むかし東洋の神話について語り合ったことのある若い教授に出会い、家に招待される。教授がユダヤ人と共産主義者を憎むべきものと考えていることも、次の戦争が準備されつつあることも知らぬ善良だが単純で勿体ぶった男であることをハラーは承知していたが、孤独な彼は、あたかも餓えた犬のように教授の言葉の中にある僅かな暖かみと一片の愛と賞賛に感動して教授の家に出掛けてしまう。そして、その結果はまたしても惨めなものになる。

教授は世間話のつもりで、購読している新聞を取り出して、ハラーと同名の文士に関する記事が出ているところを指差し、こいつは祖国を売った奴に違いない、カイザーを愚弄し、ドイツにも大戦の責任があるなどと言っているひどい悪党だ（4-268）と、本人が目の前にいるとも知らずに、この反戦論者を誹謗する。ハラーはじっと我慢していたがついに堪忍袋の緒が切れてしまう。

きっかけは暖かい明るい部屋の丸テーブルの上にあった一枚の銅版画だった。それは老詩人ゲーテの像であったが、その浅薄で満足げな老ゲーテの肖像がハラーには我慢できなかった。

ゲーテは実際にはこんな様子ではなかったと思いますよ。こんな自惚れ、こんな気取ったポーズ、同席の男女に色目を使うようなこんな勿体ぶった態度、表面だけは男らしく、心のうちにはこんな甘ったれた感傷の世界。ゲーテをこんな風に描くのはやり過ぎですよ。(4-269)

これで、すべてはぶち壊しになってしまうのである。

教授の家を飛び出したハラーは、またしても深い孤独と自己嫌悪に陥って、酒に救いを求める。見知らぬ居酒屋で酔っ払って眠り込むと奇妙な夢を見る。その夢の中にゲーテが登場するのである。ハラーは、ゲーテに対する世間の不当な扱いを訴える。だがゲーテはハラーの訴えに対して、

君、君は老ゲーテをあまり真面目に考えすぎる。とうの昔に死んだ老人のことを、あまり真剣に考えてはいけない。それは迷惑なことだ。われわれ不滅な者たちは物事を真

面目に取ることは好まない。われわれは冗談が好きなのだ。(4-286)

と答えて、星型の勲章から桜草を花火のように噴出させたり、それを小さくしたり、消して見せたりする。ハラーが更に訴えようとしても、ゲーテはそれには応えず、ただ大きな声で笑うだけである。深淵のごとき老人のフモールをもって激しくひとりひそかに不滅の人の笑いを笑うだけである。その笑いは告げていた、現実はいつの時代も低俗で耐えがたく、誤解と無理解に溢れている、だが、それはその奥にある真理を汚すことはできないのだ、それを信じて、現実を笑って受け入れていくことだと。ここにフモールの真髄が示されているのである。

◎モーツァルト

モーツァルトは魔術劇場の中に登場する。彼も不滅の人の笑い声と共に登場する。ハラーはここでも綿々と時代の無理解、俗悪、暴虐を訴えるが、それに対するモーツァルトの答えも笑い声である。それは、迷えるシッダルタを川が笑ったように、「苦難の経験と神々のフモールから生まれ出た、人間には窺い知ることの出来ない彼岸からの澄んだ明るい氷のように冷たい(4-401)」笑い声である。

モーツァルトは鬘も半ズボンも締め金付きの靴も着けず、現代的な服装で現れ、なにやらしきりに小さい機械と道具をいじくり回している。素早い巧みな指使いの中から生まれてきた物は、意外にも科学技術の粋を集めたラジオであった。ラジオから流れ出てきたのはヘンデルのコンチェルト・グロッソーだった。だがそれも醜悪な文明の利器ラジオを通すと「悪魔のブリキの漏斗は……気管支炎の痰とグチャグチャに嚙み潰されたガムとの混合物を吐き出した（4-408）」と表現されるように、聞くに堪えない代物だった。

ハラーは仰天し、我慢できずにモーツァルトに訴える。するとモーツァルトは答える。

> 耳を澄ませたまえ、そうだ、そうすれは、聞こえてくるのはラジオによって虐げられたヘンデルだけではあるまい。このような厭うべき姿をしていてもヘンデルは依然として神々しい。（4-409）

人生は仮象の遊戯をあたりに撒き散らしている、だが、その仮象の背後には不滅の真理が厳然として存在するのだ。それを信じて、あるがままの現実を笑って受け入れなくてはならない。これがモーツァルトの答えだった。魔術劇場のモーツァルトの説くところも、夢の中のゲーテが説いたことと同じだったのである。

ゲーテとモーツァルト、彼らは共にその人生に於いて凡人の窺い知ることの出来ない苦難を経てその不滅の境地に至ったのである。

ところで、注目すべき点は、このふたりの偉人の名前の中に共に狼（Wolf）が入っていることである（Johann Wolfgang von Goethe, Wolfgang Amadeus Mozart）。それは決して強調されてはいないし、明記もされていない。だが、ドイツ文化に馴染みのある者であれば、気付かずに過ごすことはないだろう。またヘッセが、この二人を「不滅の人」の代表として選び出すときに、この事実を意識せずに選んだとは考えられない。そうでなければ「不滅の人」を二人に限ることはなかったであろう。ゲーテもモーツァルトもそれぞれの分野でヘッセが最も尊敬する人物であり、また誰が選んだにしても漏れることのない人物であろうが、名前にこだわらなければ、ヘッセはこの他に多くの人物の名前を挙げたに違いない。（たとえば、五年後の一九三二年に刊行された『東方巡礼』では、聖地巡礼の秘密結社に老子やプラトン、ノヴァーリスなど尊敬する人物の名が多数挙げられている）ヘッセはこの名前の中の「狼」に重要なメッセージを託しているのである。

ヘッセはしばしば語呂合わせ（Namenspiel）を楽しんでいるが、これもその傑作のひとつと言ってもよかろう。いや最高傑作と言うべきであろう。なぜなら、この名前は歴史上に実在した偉大な人物の名前であるが、この名前の中の隠れている「狼」こそ、二人の偉人が人間と狼の分裂を身をもって体験し、苦難の末にそれをフモールによって克服した理想の存在であることを示す印だからである。彼らは不滅の人になっても、かつて荒野の狼であった痕跡を名前の中にしっかりと刻んでいるのである。この二人の人物の存在は、人間のなかに存在する「狼」は決して完全に抹殺できるものではない、むしろその存在を常に意識し、そのエネルギーを正しくコントロールしてこそ「不滅の人」になり得ることを無言のうちに示しているのである。読者がこの事実に気付くと、主人公と二人の偉人との距離は突然縮まる。主人公の将来が二人の偉人の生き方に連なって行くのが見えて来るのである。この点でも、この作品の「狼形象」はみごとな成果を上げていると言えるのである。

短編『狼』に描かれた「美しく、逞しく、誇り高い狼」は、このように二十五年後の『荒野の狼』に引き継がれているのである。狼というマイナスのイメージの強い生き物にたいするヘッセの共感は、早い時期に芽生えていたが、第一次大戦を契機とする危機体験を機に一層痛切なものになったに違いない。絶えず飢餓に悩まされながらも人間に飼育されることを潔しとしないイソップ童話の狼の生き方に、裏切り者と罵られ、ドイツ人社会から疎外され、経済的にも苦境に追い込まれながらも、節を曲げることなく生き抜いた自らの生き様を重ねているのである。

筆者はこれまでヘッセの作品の中から「鳥」、「魚」、「蝶」などの動物を取り上げて来て、最後に「狼」を取り上げたが、取り上げたこれらの動物をいま一度振り返って見ると、これらの生き物に共通しているものがあることに気がつく。それは野生である。人間に飼育され、人間に媚びる生き物、犬や猫に対してはヘッセはほとんど関心がなかった。むしろ、嫌悪感しか抱かなかったと言ってもいい。
ヘッセにとって、美しいもの、魅力あるものはすべて〈自然〉という一語に収斂されるのである。動物も、植物も、人間も自然であることが美しく価値のあることだ、これがヘッセにとっては終生かわらぬ信念であった。その意味では、豊かな自然描写に満ち溢れていた初期の作品においても、この『荒野の狼』のような一風変わった作品においても、ヘッセの根本的姿勢は変わっていないと言っても過言ではなかろう。ただ、人間が自然に生きることは、人間に飼われた犬が本来の姿を取り戻すことよりはるかに難しい。至難の業である。だが、まさにその難しい人間回復こそ、この作品の主題なのである。

［註］

＊1　Hans Biedermann : Knauers Lexikon der Symbole. Droemer Knauer.1989. S.488.
＊2　Gesammelte Erzählungen. Band 1. Suhrkamp Verl. 1977. S.48.　以下同書は G.E と略す。
＊3　J. Mileck によれば、舞台はほとんど現実のバーゼルであり、物語もほとんど当時のヘッセの体験どおりだということである。(Joseph Mileck : H. Hesse Dichter, Sucher, Kenner. C.Bertelsmann Verlag. 1987. S.175.)
＊4　Colin Wilson は、その著書『アウトサイダー』でヘッセをロマン主義的アウトサイダーと定義づけて詳細に論じている。

終章　形象と比喩　自然が語る

すべて眼に見えるものは表現である、自然はすべて絵であり、言葉であり、色鮮やかな象形文字である

以上十章にわたって明らかにしてきたように、ヘッセにとっては自然界に見られるものはすべて、動植物をはじめ鉱物も火も、雲や水も「すべて眼に見えるものは表現である、自然はすべて絵であり、言葉であり、色鮮やかな象形文字である（S-9）」。それらの言葉の意味を読み取り、それに表現を与えること、つまり「自然に語らせる」こと、これが基本的な創作姿勢だったのである。従って、ヘッセの作品に登場する多様な自然は、単なる作品の背景などではない、これこそ作品の核心なのである。そこに作者の自然に対する豊かな知識、限りない愛情が注ぎ込まれている。それは作品の主題をなすことは稀ではあるが、独特の比喩形象を形成して彼の作品にたぐい稀な魅力を与えているのである。

ところで、序章でも指摘したように、ヘッセは処女作とも言うべき『ペーター・カーメンチント』において、また、二十五年後の『省察』においても、「人間の登場しない文学を夢見ていた」とはっきり述べているにもかかわらず、ヘッセの作品に見られるこれらの自然形象

はあまり注目されてこなかった。それは何故であろうか。

それには、次のような理由が考えられる。ヘッセの作品の主題そのものが、つねに時代のアクチュアルな問題であったこと。ヘッセが提起した諸問題、教育の荒廃、父と子の確執、思春期と思秋期、自然破壊や戦争の残虐性などの諸問題は、今日でも解決されるどころかますます深刻の度合いを増している。したがって、読者や評者の関心はつねにそこに向けられ、背景にまで眼が向かなかったのである。また、そもそも文学作品では主人公は人間であることが一般であり、ディテールは主題に奉仕するものである。したがって、作品を論ずる際に主題および主人公に関心が集中するのは当然で、ディテールに眼が向くほうが稀なのである。ところが、ヘッセの文学では、背景のほうにも主題に変わらぬ重点がおかれている。このヘッセの文学の特殊性が理解されないからである。

この特殊性に注目したのは、ロマニストで近代英仏文学の批評家として名高いクルチュウス（Ernst Robert Curtius）である。クルチュウスは、一九四六年にノーベル賞を受賞した『ガラス玉遊戯』について論評した際に、ヘッセの作品に頻繁に登場する〈鳥〉や〈水〉や〈魚〉や〈狼〉などの形象に注目して、「主題の分析と技巧の分析、――このまれにしか行われない操作は、一人の作家を解釈する唯一の適当な作業である。これこそは単なる饒舌、作品をめぐる埒もない談義、作品をかすめるだけの議論以上のものであろうとする批評の予備訓練である。[*1]」とヘッセ文学における主題と技法（ここでは形象やモチーフ）の両面からの研究の重要性を指摘しているのである。クルチュウスはしかし必要性は指摘したが実際には手をつけてはいない。それは彼が元来ロマニストである上に、古代ローマから現代アングロ・サクソン文学にいたる広大な領域に関心を抱いていて、一人の作家の技法の問題を詳細に論じる暇がなかったからであろう。彼はそれを後の研究に託している。本書が少しでもこのクルチュウスの委託に応えるものになっていれば幸である。

さてヘッセが水彩画を描いたことはよく知られた事実である。必ずしも上手とはいえないが独特の雰囲気のある魅力的な絵である。筆者は専門家ではないからヘッセの絵画について論評する資格はないが、注目すべきはその絵の中に人間が登場してこないことである。すべての水彩画を調べたわけではないから断言は出来ないが、少なくとも筆者の見た限りでは、彼の水彩画のテーマとなっているのは、『ピクトルの変身』に添えられた挿絵を除けば、ほとんどが晩年に住んだスイスのテッシン州ルガーノ周辺の山川と草木、それとそこに点在する村落である。その絵には人間は描かれていない。添景としてさえ登場していないのである。これこそペーターが志向し、若きヘッセが夢見たものではないか。

これは、絵画の領域だからこそ出来たことなのである。文学ではそうは行かない。たとえばヘッセの文学作品の中にはいくつか絵画が登場するが、その絵画には必ず人物が登場している。デーミアンが無意識のうちに描いたベアトリーチェの像はもとより、エリーザベトが夢中になって見入っていたアルプスの牧場の絵にも（セガンティーニの絵）、画家フェラグートが描いた魚の絵にも人間は登場している。それは何故だろうか。それはこれらの絵が文学作品の一部だからであろう。つまり、文学作品においては、その中に登場する絵画においてさえ、人間は不可欠なのである。叙景詩などの例外を除けば、人間の登場しない作品は文学においては不可能なのである。それが言語を媒体とする文学という芸術の必然なのであろう。物語の筋の展開に人間は不可欠な存在なのである。したがって、ペーターが夢想し、ヘッセが念じた「人間の登場しない」文学、「自然が語る」文学は、純粋な形としては成立しない。それは絵画の世界でしか実現されないものなのだ。晩年のヘッセが水彩画に熱中したのも蓋し当然のことと言えるのではないか。

本文のなかでしばしば引用したシンボル事典の編纂者ハンス・ビーダーマンは、「花言葉」の項で「現代のエコロジー危機の時代は、多くの野の花が、特に畑の雑草が、ほとんど根絶されるか、わずかに保護区に見られるだけと言う状況を生み出している。したがって、花咲く植物による象徴的な表現は、次の時代の人々にとっては、歴史的な文献においてのみ見られるものになるかもしれない」[*2]、と現代の状況を憂えているが、まさに、自然科学の発達と科学技術の進歩による都市文明の空前の繁栄と、それに伴う自然破壊の拡大のなかでは、ヘッセの作品は稀有のもの、場合によっては理解されにくいものになっていくのかもしれない。

【註】

＊1　『ヨーロッパ文学批評』松浦憲作他訳　九三頁。

＊2　Hans Biedermann : Knaues Lexikon der Symbole. Droemer Knaur. 1989. S.69.

あとがき

本書は、一九九一年に著した『形象と比喩―ヘルマン・ヘッセ研究―』に、新たに二章を加え、全体に加筆したものである。書名も内容により相応しいものに換えた。本書はヘッセの作品に見られるいくつかの自然形象を取り上げ、ヘッセの自然観を軸にまとめたものである。論じ尽くせたとは言えないが、ヘッセの作品で成功したものにはほとんど例外なく視覚に訴える魅力的なモチーフがあり、それが主題と見事に結びついたところにヘッセ文学の特色があるのだということは明らかに出来たのではないかと思う。

三年前の夏に久しぶりにヘッセゆかりの地を訪ねたが、その際にモンテ・ヴェリタ（Monte Verità）にまで足を伸ばした。そこはイタリア語圏スイス、テッシン州アスコーナ近郊の小丘で、前世紀の初頭に現代文明に倦み疲れた人々が開拓し、菜食主義のサナトリウムを築き、原始共産制とでもいうべき共同体を構成し、生活、文化、芸術の革新運動を展開したところである。この活動は当時の知識人の注目を集め、後に二〇世紀の政治、思想、文化、芸術をリードすることになる多くの人々がこの地を訪れている。ヘッセもその一人で幾度かこの地を訪れ、ヒンズー教に基づく修行生活などを体験している。この地はその後さまざまの紆余曲折を経て、百年を経た現在は、当時の建物を利用した博物館、芸術研修センター、ホテルが残されている。

眼下に碧いマジョレ湖がひろがり、対岸に緑の山並が望まれる丘の上で、当時の人々が住んだ林間の小屋のあたりを散策し、写真をとり、スケッチなどをして時を過ごしたが、これは本当に静かな、豊かなひとときであった。豊かな緑に囲まれたなだらかな山頂の林の中にいると、前世紀の初頭に「自然に適応した生活」を志してこの山頂に集った人々の感動が伝わってくるような気がした。物質的には乏しくても精神的には豊かな生活がここには存在したのだ。そう実感すると、ヘッセが理想郷カスターリエン（Kastalien）に抱いたイメージが理解できたように思えた。さらに翌々日、ルガーノからモンタニョーラにヘッセ晩年の住居をたずねた帰り道、曲がりくねった坂道を下っていくと、突然視界が開け、碧い湖の対岸に美しい樹木に囲まれた村落が見えた。宿に戻って調べてみると、それはカスタニョーラ（Castagnola）の村であった。カスタニョーラとはカスターニエの村ではないか。（Castanea とはカスターニエのことであり、nola とは田舎の村のことである。）『ガラス玉遊戯』執筆時のヘッセの脳裏にはこの村のイメージがあったのではないか、と考えたりした。

この旅では、南ドイツとスイスの豊かな自然、とくに水の豊かさにつよい感銘を受けた。また、訪れた図書館、文書館、美術館で啓発されるところが多かった。その成果を加えたいというのが、今回新版を出したいと願った理由である。

なお、引用部の訳文に関しては新潮社版の高橋健二氏の訳業、第六章蝶に関しては岡田朝雄氏の翻訳を参考にさせていただいた。こころから御礼申し上げたい。

二〇〇一年十一月三日

丹治信義

ヘルマン・ヘッセ年譜

一八七七　七月二日、ドイツ、ヴュルテンベルク州カルプに生まれる。
一八八一-八六　スイス、バーゼルに住む。
一八八三　父ヨハネス、スイス国籍取得。
一八八六　カルプに戻る。
一八九〇　ゲッピンゲンのラテン語学校に通う。
一八九一　マウルブロンの神学校入学。
一八九一　神学校から脱走。
一八九二-九三　バート・カンシュタットのギムナジウムに通学する。
一八九三-九四　エスリンゲンで書店見習。
一八九四-九五　カルプのペロー塔時計工場で機械工見習。
一八九五-九八　テュービンゲンのヘッケンハウアー書店で店員見習。
一八九八-九九　ヘッケンハウアー書店で取次店員助手。
一八九九-〇三　バーゼルで書籍・古書店店員。スイス各地を旅行する。
一八九九　『ヘルマン・ラウシャー』（Hermann Lauscher）第一次イタリア旅行。
一九〇一　『ロマン風の歌』（Romantische Lieder）
『真夜中過ぎのひと時』（Eine Stunde hinter Mitternacht）
一九〇二　母の死。『詩集』（Gedichte）

一九〇三　第二次イタリア旅行。
一九〇四　『ペーター・カーメンチント』(Peter Camenzind)
　　　　　マリーア・ベルヌリと結婚。
一九〇四―一二　ボーデン湖畔のガイエンホーフェンに住む。
　　　　　数次のイタリア旅行。ドイツ各地に講演旅行をする。
一九〇五　長男ブルーノ誕生。
一九〇六　『車輪の下』(Unterm Rad)
一九〇七　短編集『此岸』(Diesseits)
一九〇八　『隣人たち』(Nachbarn)
一九〇九　次男ハイナー誕生。
一九一〇　『ゲルトルート』(Gertrud)
一九一一　『途上』(Unterwegs) 三男マルティン誕生。インド旅行。
一九一二　『回り道』(Umwege)
一九一二―一九　ベルンに住む。
一九一三　『インドから』(Aus Indien)
一九一四　『ロスハルデ』(Rosshalde)
一九一四―一九　第一次大戦中、ドイツ捕虜保護事務局で活動(在ベルン)。
一九一五　『クヌルプ』(Knulp)『路傍』(Am Weg)
　　　　　『孤独な者の音楽』(Musik des Einsamen)

一九一六　父の死。妻と三男の重病。ゾンマット保養所で神経症の治療を受ける。
『青春はうるわし』(Schön ist die Jugend)
一九一七　『デーミアン』執筆。
一九一九　『デーミアン』(Demian) を匿名で発表。『小さき庭』(Kleiner Garten)
『メルヒェン集』(Märchen) モンタニョーラに移住。
『ツァラトゥストラの再来』(Zarathustras Wiederkehr)
一九二〇　『画家の詩』(Gedichte des Malers)
『クリングゾル最後の夏』(Klingsors letzter Sommer)
『放浪』(Wanderung)『混沌を覗く』(Blick ins Chaos)
一九二一　『詩選集』(Ausgewählte Gedichte)
一九二二　『シッダルタ』(Siddhartha)
一九二三　『ジンクレーアの備忘録』(Sinclairs Notizbuch) スイス国籍取得。離婚。
一九二四　ルート・ヴェンガーと結婚。
一九二五　『湯治客』(Kurgast)
一九二五-三一　冬季にはチューリヒに滞在。
一九二六　『絵の本』(Bilderbuch)　プロイセンアカデミー会員。
一九二七　『ニュルンベルクの旅』(Die Nünberger Reise)
『荒野の狼』(Der Steppenwolf)
一九二八　『省察』(Betrachtungen)　『危機』(Krisis)

一九二九　『夜の慰め』（Trost der Nacht）
一九三〇　『世界文学の図書館』（Eine Bibliothek der Weltliteratur）
　　　　　『ナルチスとゴルトムント』（Narziss und Goldmund）
　　　　　ニノン・ドルビン（旧姓アウスレンダー）と結婚。
一九三一　プロイセンアカデミー脱退。
一九三二　『東方巡礼』（Die Morgenlandfahrt）
一九三六　『庭の幾時』（Stunden im Garten）
一九三七　『思い出草』（Gedenkblätter）　『新詩集』（Neue Gedichte）
一九四二　『詩集』（Gedichte）
一九四三　『ガラス玉遊戯』（Das Glasperlenspiel）
一九四五　『夢の跡』（Traumfährte）
一九四六　ノーベル賞受賞。『ゲーテへの感謝』（Dank an Goethe）
　　　　　『戦争と平和』（Krieg und Frieden）
一九四七　ベルン大学名誉博士。
一九五一　『晩年の散文』（Späte Prosa）　『書簡集』（Auswahl von Briefen）
一九五二　『全品集』（6巻）（Gesammelte Dichtungen）
一九五五　『呪文』（Beschwörungen）
一九五七　『全作品集』（7巻）（Gesammelte Schriften）
一九六二　死去。

ハイタカ	Sperber
バラモンジン	Bocksbart
ヒヤシンス	Hyazinth
姫赤立羽	Distelfalter
火取蛾	Bär
梟	Eule
フロックス	Phlox
ベニテングダケ	Fliegenschwamm
蜂雀蛾	Taubenshwanz
菩提樹	Linde
マツムシソウ	Skabiose
緑豹紋	Kaisermantel
雌豚	Sau
モウズイカ	Königskerze
樅	Tanne
ヤナギバヤ	Elritze
山黄蝶	Zitronenfalter
ヤマドリダケ	Steinpilz
ヨーロッパタイマイ	Segler = Segelfalter
夜の鳥	Nachtvogel
栗鼠	Eichhörnchen
リラ	Lila
リンドウ	Enzian
ローチ	Rotauge
鰐	Krokodil

動植物名日独対照表（本書に出てくるもの）

アイリス	Iris	茸	Pilz
青鷺	Reiher	銀ウグイ	Weissfisch
アカシア	Akazie	銀星豹紋	Perlmutterfalter
アカバナ	Weidenröschen	孔雀山繭	Nachtpfauenauge
赤松	Föhre	ケシ	Mohn
アトリ	Buchfink	鯉	Karpf
アルプス火取蛾	Alpenbär	子牛	Kalb
アルペンローゼ	Alpenrose	甲虫	Käfer
アヤメ	Schwertlilie	小緋縅	Fuchs
犬	Hund	小紫	Scillerfalter
イラクサ	Brennessel	ザリガニ	Krebs
ウサギ	Kaninchen	シャクジョウソウ	Fichtenspargel
エーデルヴァイス	Edelweiss	サンゴハリタケ	Korallenpilz
エニシダ	Ginster	ジキタリス	Fingerhut
エリカ	Erika	シジミ蝶	Bläuling
大赤立羽	Admiral	白樺	Birke
狼	Wolf	セルビア	Salbei
牡牛	Stier	蟬	Zikade
オカトラノオ	Weiderich	センノウ	Lichtnelken
雄豚	Eber	象	Elefant
樫	Eiche	鷹	Turmfalke
カスターニエ	Kastanie	タネツケバナ	Schaumkraut
カラス（大）	Rabe	ツリガネソウ	Glockenblume
（中）	Krahe	蝶	Schmetterling
（小）	Dohle		Falter
黄揚羽	Schwalbenschwanz	蜥蜴	Eidechse
黄縁立羽	Trauermantel	鳥	Vogel
狐	Fuchs	ニゴイ	Barbe

著　者　丹 治 信 義（たんじ　のぶよし）

1939年生　静岡市出身。
東京教育大学大学院文学研究科修士課程修了。
現　在　広島大学総合科学部・大学院社会科学研究科
　　　　教授（ヨーロッパ文化論）
著　書　『近代抒情詩の展開』（共著）同学社 1986.
　　　　『形象と比喩』溪水社 1991.
所属学会：日本独文学会、日本文体論学会、広島独文学会。

自然が語る ―― ヘルマン・ヘッセの世界 ――

平成14年２月22日　発行

著　者　丹　治　信　義
発行所　㈱ 溪 水 社
広島市中区小町１－４（〒730-0041）
電話（082）246－7909
FAX（082）246－7876
E-mail：info@keisui.co.jp
URL：http://www.keisui.co.jp

ISBN4-87440-674-2　C1098